大旗出版
BANNER PUBLISHING

大旗出版
BANNER PUBLISHING

國家寶藏
參
南海鬼谷

國家寶藏 參

南海鬼谷

目錄

第一章　亡者的短信

瀋陽市和平區金輝大廈是一座有二十年歷史的辦公樓，與瀋陽其他現代化的寫字樓相比，無論是外觀和內部設施都有很大的差距，樓裡既沒有電子攝像，也沒有中央空調，租用這座大廈辦公的單位大多是一些小型公司，或者非營利機構，換句話說，財大氣粗的公司是不屑在這種舊式辦公樓裡辦公的。

此時正是五月末，雖然地處北方，但白天的氣溫也已經達到了三十度。下午四點半，大廈十三樓靠左最裡面的一間辦公室裡幾個人正在聊天。一個戴著眼鏡的女孩說：「我們四月份這期雜誌居然發行了二十萬本，創了咱社的紀錄了！」

另一個年輕小夥也說：「可不是嗎？上個月還是十五萬呢！你們說說，這雜誌怎麼這麼火了？我記得往年，每期的銷量也就是兩、三萬冊。」

旁邊有個四十出頭的中年女士說：「依我看，可能是小田在雜誌上連載的那篇考古小說拉動了銷量。」

那小夥說：「嗯，我同意魏姐的說法！你還別說，田尋那篇《天國寶藏》寫得還真不賴，情節神出鬼沒，又合情合理，跟真有那回事兒似的！自從開始連載到現在快

第一章　亡者的短信

半年了，雜誌銷量是芝麻開花——節節高啊！」

這時，外面走進一個漂亮時髦的女孩，這女孩身材高挑，穿一件超短百褶裙，充分顯露出白嫩的美腿，只是這裙子有些過於短了，走路時後面裙擺微揚，很容易走光。只見她手裡夾著一摞文件，說：「你們聊啥呢？」

那小夥說：「當然是聊這個月雜誌的銷量了！二十萬冊啊，哎，小雯，妳說跟田尋在雜誌上登的那篇連載有沒有關係？」

那叫小雯的女孩把嘴一撇，說：「我看沒什麼關係！那種什麼尋寶啊、探險啊的小說我可沒興趣，我就關心這個月的獎金是不是還能再加點。」

小夥說：「我看有門！咱們上個月不是也加了獎金嗎？這個月我可夠辛苦的，應該給我多加點。」

小雯說：「憑什麼光給你嚴小波多加獎金？我們幾個不是人啊？」

那戴眼鏡的女孩笑著說：「對了，我說小雯，像妳這樣性格的女孩在《古國志》雜誌社裡做文祕，那可真是選錯職業了，妳瞧妳不喜歡歷史、探險，卻喜歡言情和時裝，我看咱們向主編提議，把妳調到《時尚街》雜誌社去算了！」

小雯邊塗唇彩邊說：「哎呀，劉靜，那我可謝謝妳了！可惜咱們主編沒這個意思啊，我跟他提過好幾次了，你們猜他怎麼說？他說，他說還是習慣讓我做他的祕書，順手。」大家都笑了。

這時，推門走進一個年輕人，大夥一看他進來，都圍過來說：「田尋，咱們正在說這期雜誌的銷量呢！看來都是沾了你的光啊！」

田尋笑著說：「說什麼沾光不沾光的。」

嚴小波說：「老田，這個月你如果能領到比上月還多的獎金，可得請客啊！」

大夥哄然附和，田尋坐在電腦前，邊操作滑鼠邊微笑著答應，臉上卻有一絲勉強的神色。

劉靜說：「怎麼回事，田尋？一提要請我們吃飯就不情願啊？太不夠意思了。」

田尋忙說：「沒有沒有，請客是肯定的，我哪敢有不情願啊！」

嚴小波說：「不過我聽外聯部那邊說，頭幾天好像有湖州市旅遊局的人打電話來過，說《天國寶藏》小說對湖州毗山慈雲寺有不合適的描寫，對慈雲寺造成了一定的負面影響，還說要告咱們雜誌社呢！」

劉靜說：「真的假的？有這麼嚴重嗎？後來呢？」

嚴小波說：「後來據說陝西省文物局的人插了一手，出面調停，這事也就過去了。」

魏姐奇怪地說：「又關陝西省文物局什麼事？我真是越聽越不明白了。」

小雯邊化妝邊說：「你們看，鬧出事來了吧？我就說過在雜誌上連載那小說不太合適。」

魏姐說：「小雯，這妳就不對了，這大半年來雜誌銷量上升，每月多發的獎金妳也沒少拿吧？怎麼能說風涼話呢？」小雯撇了撇嘴，不再說話。

正說著，牆上的鬧鐘響了，小雯馬上站起來伸了個懶腰說：「下班嘍！逛街去！」說完挎上皮包，翩翩蝴蝶似地飄出了門。

魏姐臨走時拍拍田尋肩膀：「小田，繼續努力啊，全靠你了！」

田尋笑著點了點頭。

嚴小波對他說：「老田，下班了去打檯球？今天剛好我女朋友也有空，她還想讓你教教她白球的走位呢，怎麼樣？」

田尋關了電腦，說：「不去了！我今天有點頭疼，想回家早點睡覺，改天吧？」

嚴小波洩氣地說：「那就改天吧！我先走了。」臨出門時，還回頭說：「老田，那小說你可得快點出稿啊，這個月的獎金全靠你了，我可答應我女朋友下星期給她買白金手鍊了！」

田尋說：「你可真行，指望從我身上出菜呢！」嚴小波笑著走了。田尋開始收拾桌子，桌上的手機響了，拿起手機一看是條信息。再一看發資訊的手機號碼，神色頓時不由自主地緊張起來。

他下意識地左右看看，屋裡並沒有人，按開資訊，只見螢幕上寫著幾行字：

「下期雜誌必須停止《天國寶藏》連載，否則後果自負！——洪秀全」

田尋仔細地看了三遍這短短幾行字，深深嘆了口氣。這個化名為「洪秀全」的神祕人物已經是第三次發手機短信，平均半個月一個。當然，這不可能是洪秀全的幽靈發過來的，田尋不信鬼神，但這看起來也絕不像是惡作劇，倒像是對他發出的某種警告。他曾經回覆短信，但對方並不答話，試著打電話過去，話筒裡居然回答：「您撥打的號碼是空號。」真是邪門，他心裡明白：能幹這事的不是林教授，就是王全喜。那林教授家資巨富，想必不會去找人幹那盜墓的勾當，多半是王全喜私下動心，想借林教授委託之名撈點文物，這傢伙怕我的小說太引人注目，會有人找我麻煩，到時候我會把他供出去，這個王老狐狸。

正想著，桌上的辦公電話響了，鈴聲把田尋嚇了一跳，他拿起聽筒，卻是主編讓他去辦公室一趟。來到主編辦公室，只見主編那肥胖的身軀陷在寬大的沙發椅中，正在悠閒地邊喝茶、邊看文件。田尋在椅子上坐下，說：「主編，你找我？」

主編放下手中的文件，臉上帶著那種特有的、領導專用式的微笑說：「小田啊，我們這期的雜誌銷量又創歷史新高，剛才我接到了省古籍出版總社打來的表揚電話。

第一章　亡者的短信

身為領導，這段時間我付出了不少心血，為了把雜誌辦得更好，我是經常夜不能寐，全靠安眠藥片頂著，這頭髮也是一把一把地掉啊！當然，你們這些員工也有一些成績，但我希望你們能夠戒驕戒躁，繼續努力。尤其是你，你的那篇《天國寶藏》連載半年多了，近期有不少讀者寫信過來，對你還是比較欣賞的，希望你能保持連載，有問題嗎？」

田尋早就對主編那種純官腔式的談話麻木了，他支吾著說：「哦……沒，沒什麼問題。」

主編說：「上個月你提出想停止連載，我不知道你為什麼做出這樣的決定，但我想上個月的獎金應該能讓你改變點主意。所以，最好不要再有類似的事情發生。」

田尋欲言又止，一時不知該說什麼，主編面沉似水地說：「好了，沒什麼事了，你也下班吧，準備好下期要刊登的文章內容，明天按時上交工作報告。」

田尋退出辦公室，回到自己的編輯辦公室，收拾好東西下了樓。在樓下車庫裡打開電動自行車，騎上車回家。

金輝大廈地處和平區，田尋的家在大東區北順城路附近，途中經過太清宮和懷遠門兩個瀋陽著名的古蹟建築。來到懷遠門附近，他看到一些工人正在修繕城樓，這懷遠門是滿清在瀋陽留下的一處古城門，當年後金首領努爾哈赤攻占了瀋陽城，便在瀋陽建都，要是從飛機上俯瞰，整個瀋陽就是一個巨大的正方形城，裡面的街道呈井字形佈局，外城牆每邊各有兩座城門，分別是東面的撫近門、內治門，南面的德勝門、天佑門，西面的懷遠門、外攘門和北面的福盛門、地載門。

到現在這八大城門的原跡早已毀掉，如今的懷遠門和撫近門，也是近幾年政府撥款重修的。這懷遠門城門樓高幾十米，雄偉威嚴，與撫近門東西遠遠相對，隔城相望，如今的老瀋陽人每當在懷遠門前經過時，看著這高大的城門，似乎還可以從中看到當年的瀋陽作為後金首都的雄姿。

進入城門，裡面左首邊有個三層的仿古式小樓，臨街的一面掛著牌匾，上寫「盛京古玩市場」六個大字，這是瀋陽市最大的古玩交易市場，每到週末還有古玩交易大會，很是熱鬧。同時這裡也是田尋最經常去的幾個地方之一，一般情況下，他都喜歡沒事先去市場裡轉上一圈再回家，可今天心情不太好，於是直接驅車回家。

回到家後，先洗了個澡，吃過晚飯後，他側躺在床上手拄腮幫子，開始思索發短信的人會是誰。一陣陣微風吹過，身上略有些涼意。

田尋想到的頭號嫌疑人就是王全喜，他暗想：這姓王的老狐狸不知道為哪個東家做事，拉了一批人去湖州搞什麼考察，結果那批傢伙見財起意，非但沒弄到半件寶物，反而丟了四條人命，還搭了幾十萬塊錢，那東家賠了夫人又折兵，肯定是相當鬱悶。我是唯一活下來的人，先不管那東家是假考察，還是真盜墓，反正那趟行動是徹頭徹尾的盜墓之行，那東家是背後資助者，多少難逃干係。自己在雜誌上連載《天國寶藏》，雖然沒指名道姓，但小說裡的情節幾乎是這趟湖州毗山之行的真實寫照，也難怪王全喜會有這麼大反應。

田尋有些後悔寫那篇《天國寶藏》，因為這小說，半年多得了幾萬塊錢獎金，可如果要惹惱了王全喜，說不定會給自己帶來更大的麻煩。可如果跟主編提出停止連載《天國寶藏》，主編肯定會大發雷霆，還以為自己是為了加薪而故意刁難。

心裡正在矛盾時，田尋的媽媽步履蹣跚地走了進來，手裡端著一盤切好的西瓜放在桌上。她看著躺在床上的田尋說：「怎麼，工作累了吧？吃幾塊西瓜，我看你最近臉色不太好，晚上早點睡覺吧，別熬那麼晚了。」

田尋坐起來說：「媽，我身體沒啥事，就是工作上有點事不太順心，過些天就好了。」

媽媽說：「你們的雜誌不是銷得挺好的嗎？」

田尋說：「就是銷得太好了，所以才有點麻煩。」

媽媽不解地問：「銷得好還有什麼麻煩？這孩子的話我真是聽不懂。」

田尋拿起一塊西瓜說：「說了妳也不懂。對了媽，吃我給妳買的藥吃了嗎？效果怎麼樣？」

媽媽揉著腫脹得有些變了形的右膝蓋，說：「管用，感覺好多了，不過那藥也太貴了，還是別吃了。」

田尋說：「沒事媽，只要有效就行，再貴咱也買。」

媽媽笑了，說：「你也不小了，還沒有個對象，自己多攢點錢吧。爸媽沒能耐，身體還有病，不能給你多留點錢，只能靠你自己了。」

田尋說：「媽，我自己的事不著急，我心裡有數。」這時，田尋的手機又響了。

接完電話，田尋三口兩口把剩下的半塊西瓜吃完，一抹嘴起身就要出門。

媽媽問：「又要出去呀？」

田尋邊穿鞋邊說：「老威他們又收了個新玩意兒，讓我過去看看。」

媽媽說：「你現在真成了半個古董迷了，比找女朋友還上心，看以後哪個女孩願意嫁給你！」

田尋推開門說：「那就找個學考古的女孩，還志同道合呢！」說完下樓走了。

田尋騎上電動自行車，直奔懷遠門裡的那個「盛京古玩市場」。進到市場裡，上了二樓，他輕車熟路地左拐右拐，來到一家古玩店鋪。店鋪裡煙霧繚繞圍著不少人，

第一章　亡者的短信

一見田尋進來，都七嘴八舌地說：「田尋來了，田尋來了，快來瞅瞅這玩意兒！」

田尋以為這屋裡失火了，他用力搧著面前的煙氣，說：「你們想集體得肺癌是怎的？抽這麼多煙！快把窗戶都打開。」

一個人對田尋說：「田大編輯、田大才子，今天哥們收了樣好東西，這東西應該跟你沾親帶故，你幫著給瞅瞅啊！」

田尋說：「你是喝多了說胡話吧？『東西』怎麼能和我有親戚關係，我又不是『東西』。」

眾人哈哈大笑，都起哄道：「你咋能說自己不是東西呢，太客氣了吧？」

田尋知道口誤了，氣得要死。

先前那人說：「別鬧了，老田，你過來看。」說完將手裡的一個銅香爐遞給田尋。田尋接過香爐之後仔細地左看右看，只見這香爐的直徑約和大碗口差不多，銅面呈深紅色，左右有一對雲形耳，腳下三足，足底磨得鋥亮。香爐由爐身和上蓋兩部分組成，上蓋外沿有一圈類似西洋皇冠圖案的裝飾浮雕，中間是佛手形鏤空，香座的外沿也有一圈花紋，足底印有陽文正方形底款，上寫「康熙御制」四個行楷字，其中「制」字為簡體，而不是「製」。另外下面還有一行小字，為「大清內務府造辦處」。

田尋邊看香爐邊說：「老威，這香爐你是怎麼收的？」

老威說：「就在一個點兒之前，有個七十多歲的老頭賣我的。」

田尋問：「是嗎？七十多的老頭怎麼會來賣古董？」

老威說：「開始我也納悶呢？那老頭手裡拎個鼓鼓囊囊的皮包，在行裡來來回回地這通溜達呀！他臉色不太好，就像有啥鬧心事兒似的。我估計可能是想來賣啥東西，又怕不懂行賣賠了，那咱可得主動點了！我把老頭拽到店裡仔細盤問，這老頭就說，他家裡條件不咋地，兒子和媳婦雙雙下崗，他自個兒還沒有退休金，全靠在社區領低保過日子，現在他小孫子想上重點中學急用錢，就想忍痛把家裡祖傳了三代的古董香爐拿來賣，說得老可憐了。」

旁邊的人都問：「老田，這東西怎麼樣？你倒是說說呀！」

田尋說：「你說這東西和我有親戚，就是指這內務府造辦處的小字吧？」

老威笑著說：「對呀！你曾太爺爺當年不就在內務府當差嗎？要不我收了這玩意兒之後咋頭一個就找你呢？」

田尋說：「可惜我曾太爺爺去世得早，要是他老人家現在還活著，我肯定讓他幫你掌掌眼，準錯不了。」

老威說：「你就別逗我了。你曾太爺爺現在要是活著，怎麼也得有一百五十歲了吧？那他不成老妖精了！」大夥都笑了起來。

田尋也笑著說：「你得了東西就讓我來幫你看，好像我是什麼大鑑賞家似的，也太高抬在下了吧？這市場裡搞幾十年古玩的老行家遍地都是，非得找我幹啥？」

老威說：「田大編輯，有道是有志不在年高哇！你大小也是個歷史雜誌的編輯，在我們哥幾個的心目中那地位還是相當地高，基本上跟古巴人眼裡的卡斯楚差不多，你就別擱那謙虛了，整幾句吧？」

田尋說：「別給我戴高帽子了。不過說實話，這東西我也看不好，還是別說了。」

第二章 贗品

老威不幹了：「你咋地啊？還想兩毛錢韭菜——拿一把咋地？別跟我磨嘰了，快說吧！」

田尋說：「別的不敢說，這內務府造辦處的東西我還是見過一些的，從來就沒見過內務府造辦處把自己的大號印在東西的底款上，憑這點來說，這東西也不可能是內務府出來的。」

老威笑著說：「要不咋說你是內務府差人的後代呢？那真叫個一針見血，在這點上咱倆的觀點還是一致地。」

田尋見老威居然知假買假，感到很意外，說：「你既然知道東西是仿的，為什麼還買？那個老頭兒不明擺著是個『冒兒爺』嗎？」

老威嘿嘿笑了：「我花的也是假的價錢吶！這東西雖然不是清中期的，但大小也算是個清末的仿品，那老頭想把我當『二杆子』蒙，我咋能上這個當呢？哈哈！」

田尋一聽，也笑了：「行啊，老威，這麼說再狡猾的狐狸也敵不過好獵手不是？」

大夥哈哈大笑，老威也很是得意。

田尋說：「你花了多少錢收這個東西？」

老威伸出三根手指。

田尋說：「三百？那不多。」

老威臉上變色：「三百？你當是廢銅啊？三千！」

田尋聽罷，仔細看看手裡的香爐內壁，又看了看老威的臉，咽了口唾沫，慢慢把香爐放下，臉色十分凝重。眾人一看不對勁，都不說話了。

老威心裡一咯噔，說：「哥們，你是不是想說啥？」

田尋看著老威的臉，說：「那我可就直說了。」

老威有種不妙的預感，說：「你……你說呀！」

田尋說：「三千塊錢收個清末的香爐，說真的，的確不貴。」老威長出一口氣，照著田尋前胸就是一拳：「你逗我是不？那你把臉拉這麼長幹啥？嚇我一跳呀你！」

周圍眾人也都笑了。田尋卻慢悠悠地說：「可三千塊要是收個解放後的仿品，那就賠了。」

屋裡一陣尷尬地沉默。

老威覺得嗓子眼有點發乾：「你是說，這香爐……是解放後的假貨？」

田尋又仔細看了一下香爐的內沿，說：「這香爐仿的是清中期的樣式，說實話仿得不錯。首先從底下這『康熙年制』雙行四字行楷款來看，一般多見於官窯，但就是在官窯也很少見，官窯大多是『大清康熙年制』雙行或三行楷書款，可是少見並不等於沒有，但它下面的『大清內務府造辦處』八個字就有點畫蛇添足了，只有光緒時期之後朝廷動盪，才有一些仿品敢這麼整，要是在清中期是沒人敢的。」

老威說：「是啊，所以我才覺著這玩意兒應該是清後期的仿品。」

田尋說：「這東西仿得很有意思，它為了讓人認為是清末的仿品，所以加上了『大清內務府造辦處』幾個字，在民國之後很少有人願意加這句話，要仿就仿清中期的東西，因為那時候的東西比較值錢，一加上這幾句，就變成了清末仿清中了，價值打折了很多，但造假之人抓住了買主一個心理。」

旁邊的人都問：「啥心理？」

田尋說：「年頭越古的東西越值錢那是不假，但同時大家鑑賞時投入的注意力也就越高，生怕一個走眼吃了大虧。而近代的東西既不是太值錢，也不是太沒價值，所以大家在買的時候反而放鬆了警戒，都以為誰造假不挑值錢的造？這段時期的古董就成了大夥鑑賞的薄弱地帶。再有就是這個『康熙年制』雙行四字行楷款，這個款倒是做得很像，是真正康熙年的官款。」

老威說：「老田，這就是你露怯了。你沒覺著這底款有貓膩呀？」

田尋說：「我明白你的意思，你是說『康熙年制』的制字應該是繁體的上制下衣，對嗎？」

大家也都附和著說：「對啊，對啊！」

田尋說：「這個簡體的『制』字在康熙字典裡就有，並不是說中國的簡體字都是解放後才出來的，很多字在清朝時，甚至更早就開始用了，因為那時的人已經覺得有些漢字太複雜，於是就偶爾用些簡化的。比如：明朝時期的刻印本《水滸傳》裡，赤髮鬼劉唐的『劉』字就已經用上了文刀劉，而不是卯金刀劉，這就是早期的簡化字。這麼寫款的東西雖然不多，但並不代表沒有。」

老威有些不服氣，他說：「我說哥們，你光憑一張大嘴推理，就說它是解放後的仿品，也有點太武斷了吧？得拿出點真憑實據來呀！」旁邊人也都七嘴八舌地說。

田尋微微一笑，端起香爐，把爐口對著老威的臉說：「你仔細看看爐口裡面最靠邊的位置，有細細的一圈打磨痕跡，是因為它的胎做得太粗糙，如果不打磨的話，用手往裡一摸就能摸出毛刺來，所以得打磨光滑一點。可這圈痕跡上面的拉絲條紋十分精細，光用手工很難磨得這麼細，更何況是在香爐口裡面最靠外沿的地方，普通工具根本就伸不到這個位置，所以說只有一種工具才能做到，你猜是什麼？」

老威接過香爐，對著光用放大鏡仔細地看了又看，臉色由青轉白，從白又到黑，沒想到這麼隱蔽的地方居然都被田尋發現了，看了看後，老威吞吞吐吐地說：「那……那肯定是微型電動砂輪機了。」

田尋哈哈大笑：「對啊！電動砂輪的輪片平行固定在手柄上，轉圈是探出來的，只有它才能接觸到瓶式容器的內膽外側。說真的，如果不是這一點，我也吃不準這東西的準確年代。」

眾人接過香爐，挨個傳看了一圈，邊看邊議論紛紛。老威沮喪地說：「這麼說，我到底還是讓那個冒兒爺給唬了唄？」

田尋說：「現在的冒兒爺真是越來越下工夫了，他們用虛則實之、實則虛之的方法，先讓你一眼就能看出他手裡的東西是假的，而這件仿品卻也有些價值，但實際上它卻是件不太值錢的現代仿品。」

旁邊一人取笑道：「老威，這個月你連收了三件槍貨，要是用足球術語來講，你這也算是『帽子戲法』了，哈哈！」

大家哄堂大笑，老威氣得把香爐蓋扔向那人，說：「你他媽的少說風涼話，快給我滾犢子！」

那人笑著接住香爐蓋放在香爐上，拍拍老威肩膀說：「得了，你也別太放在心上，這東西一般人還真瞧不出來，說不定哪天還能當清末的仿品賣出去呢！」

老威聽了這話，臉色稍微有些回復，他一撇嘴說：「就是，說不定明天我就四千賣了呢！」

田尋說：「可不是嗎？說不定賣了一圈，最後還能賣到那冒兒爺手裡。」

大家又笑了。田尋站起來說：「沒別的事了吧？那我可回家了。」

老威說：「別呀，走，咱哥倆整點酒去！」

田尋說：「不了，我這幾天工作太累，還是早點回家睡覺吧，下回吧。」眾人一看酒局沒戲，也都紛紛散了。

老威見四下無人，關上店門悄悄對田尋說：「老田，上回我跟你說的那件事，咋樣了？有譜沒呀？」

田尋看了看他，說：「不太好辦。那文章我交給主編，人家一看名字：『瀋陽盛京古玩市場資深古玩家訪談』，馬上就看出來是給你老威做廣告呢，當時就被主編給斃了。我看你死了這條心，想做廣告還是老老實實地在晚報上登吧！」

老威不以為然地說：「一個破古籍雜誌社還裝啥呀？我又不是不給廣告費，咋那麼摳門呢？」

田尋笑著走出店鋪，對他說：「有機會你還是到西安的古玩市場看看吧，那裡好東西比瀋陽多，保你不虛一行。」

老威送他出來說：「行，下次你再出差去西安，別忘了叫我陪你一起去呀。」田尋辭別老威回了家。

晚上躺在床上，田尋翻來覆去睡不著覺，還在核計那神祕短信的事。白天主編的警告還在耳邊迴響。正想著，手機發出了振動的聲音，連忙拿起來一看，又是一條短信：

「為了堅定你停止連載的決心，我決定助你一臂之力。——洪秀全」

田尋心裡納悶：這又是什麼意思？助我一臂之力？正摸不著頭腦時，忽然窗戶上「喀喇」一聲大響，緊接著又是「咣噹」一聲玻璃碎裂的聲音，在寂靜的屋子裡顯得十分突兀，把田尋嚇得從床上一骨碌坐起來，藉著濛濛月光，可以清楚地看見雙層玻璃窗已經被砸通了一個大洞，屋裡的地板上有塊比拳頭還大一圈的石頭。田尋住在三樓，他迅速來到窗旁向外看去，此時已近午夜，外面樓群的小路旁亮著昏暗的路燈，別說人影，連隻野貓都沒有。

這時田尋的爸媽聞聲過來，看見屋裡的情景，田尋的父親連忙問：「這是怎麼回事？」

田尋心裡清楚，肯定和發短信的人有關，但他不能明說，只好掩飾道：「不知道，可能是誰惡作劇吧！要不就是有人尋仇吧！」

媽媽不解地問：「咱們家誰也不惹，怎麼會跟人結仇呢？」

父親說：「會不會是砸錯了人家？」

田尋說：「對對，肯定是找錯人了！我們家老實巴交的，肯定不會跟人結仇，一定是別人砸錯了。」

父親也說：「對門那家前兩個月才搬來，聽說他搞建材生意的，總欠人錢不還，說不定就是他們在生意場上得罪了誰，結果錯砸了咱們家的玻璃，真是倒霉！」

田尋取來掃帚收拾地上的碎玻璃，媽媽說：「小心點別扎了腳！可把我給嚇死了，還以為地震了呢！」

父親邊幫著收拾，邊說：「你回屋睡覺吧，明天我去廠裡弄兩塊玻璃換上就是了，一會兒我找塊塑膠布先黏上，對付過今晚再說。」

收拾完玻璃，用膠帶把塑膠布黏在破洞上後，父親也去睡了。田尋重新躺在床上，心裡七上八下，難以平靜下來。他想：這人也太可惡了，怎麼能這麼幹？讓我家人也跟著擔驚受怕，真不是東西！他氣得回撥電話，仍舊沒有人接聽，卻又收到一條短信：

「這下有決心了吧？下期雜誌停止連載小說，你的生活就會恢復平靜，否則，被砸壞的就不是玻璃了。——洪秀全。」

看完這條短信，田尋真是哭笑不得，他連忙回覆短信：「王全喜，我一定會停止連載，請你不要再騷擾我的家人。」

對方卻並不回答。田尋決定明天再不能連載小說了，可找個什麼藉口呢？忽然他心裡一動，暗說有了，就這麼辦。

次日早上，快八點鐘了田尋仍在蒙頭大睡。父親吃完早飯準備去上班，無意中經過田尋的房間門口，一看他還在睡覺，看了看牆上的日曆，心想今天也不是週末，怎麼沒去上班呢？走進屋裡叫醒了田尋，說：「你今天休息嗎？」

田尋神色不振地說：「我有點不舒服，頭暈得難受。」

父親一驚，連忙摸了摸他的頭，說：「嗯，是有點熱，是不是從窗戶吹進了風，半夜著涼了？」

這時媽媽也過來了，說：「怎麼了？」

父親說：「孩子生病了，妳看看。」

媽媽關切地坐下摸摸田尋額頭，說：「也不燙啊，是哪兒難受？」

父親說：「怎麼不燙？我摸著都熱了，肯定是昨晚從窗戶破洞裡進風，受了邪風了。」

媽媽有點焦急地說：「可能再加上驚嚇，急火攻心了吧？那可咋辦啊？」

父親說：「我背他去醫院看看。」說著就要背他。

田尋知道自己什麼病也沒有，連忙拒絕說：「我身上難受不敢動，讓我躺一天就好了。」

父親不敢碰他，對媽媽說：「妳快去給他做一碗熱湯麵，臥兩個雞蛋，再多擱點薑絲，快去啊！」

媽媽趕忙去廚房做麵條，爸爸把被子給他蓋好，看了看手錶時間已經不早，自己上班去了。這時，單位的同事劉靜給田尋打電話，問他為什麼還沒到。田尋工作的古籍出版社是七點五十分準時考勤，無故遲到要被扣除當月全部獎金，這幾個月田尋因為連載小說增加了雜誌銷量，他的獎金也由平時的幾百塊，猛增到近萬元，那可不是小數目。田尋裝出有氣無力地語調說：「劉靜啊，我今天恐怕不能去了，昨天晚上我家的玻璃被小偷給砸壞了，我連驚帶嚇，還受了風，現在連床都爬不起來了。」

劉靜聽完，嚇了一跳，連忙說：「是這樣啊，我替你向主編請個假，那你明天能來上班嗎？雜誌馬上就要印刷了，你的小說還沒交稿呢！」

田尋說：「我也說不好，妳就向主編替我多請幾天吧……哎呀……」他連說帶呻吟，裝得病挺重似的。劉靜又關切地問了幾句，掛了電話。田尋心裡還是沒底，他估計用不了多一會兒，主編肯定得打電話來詢問。

果不其然，十分鐘不到，主編的電話就打來了：「田尋，你怎麼搞的，怎麼這時候生起病來了？」

田尋說：「哎喲，我的主編大人，這是人不找病，病找人，我也不想生病啊，可是……」

主編打斷他的話說：「三天之後，雜誌就要付印了，你的工作報告還沒交呢！」

田尋咳嗽幾聲，說：「我也是實在沒辦法，我現在連……連起床的力氣都沒有。」

主編有點急了：「可你的連載小說內容還沒交上來呢！你寫好了嗎？如果已經寫好了，我就派人去你家取來，其他的工作可以先放一放，等你病好了再說，怎麼樣？」

田尋知道主編的心思，說：「主編，連載的小說我還沒寫呢！」

主編大驚：「還沒寫，怎麼可能？」

田尋臉上帶著笑容，聲音裡卻帶著遺憾說：「我寫這篇小說的習慣是雜誌付印前一天晚上一口氣寫好，從來不提前寫。」

主編有點懷疑：「真的假的？怎麼這麼巧，你不會在騙我吧？」

田尋連忙打保證：「我哪敢騙主編你啊，我說的都是真的。」

電話那邊沉默了一會兒，說：「田尋，如果你把小說繼續連載，我保證下個月把你的獎金調到一萬兩千元，怎麼樣？」

一萬兩千塊錢獎金！這個數字幾乎是他上月獎金的一倍。田尋暗暗搖了搖頭，心說：你就是給我十二萬也沒用，再連載下去，連我的人身安全都沒法保證了。於是他說：「主編，我是真的……咳咳……真的很難受，這期連載恐怕是……完不成了……」

主編的聲音開始冒火：「田尋！你小子可有點敬酒不吃，吃罰酒了，我明白你的意思就是想加獎金，現在我給你提了這麼多獎金，你還想怎麼樣？我明確告訴你，你這種要脅的方法根本行不通！」「砰」的一聲，電話被狠狠掛斷了。

「你奶奶的，嚇唬誰呢？」這該死的主編十分勢利，常利用裙帶關係安排一些工作能力差的人進來，而對沒有靠山的員工總是當牛馬一樣使喚，包括田尋也是。

不過主編這麼一發火，田尋心裡反而踏實了，他把被子蒙在頭上繼續睡覺，一直睡到中午才起來。

第三章 出局

吃過媽媽做的麵條，田尋準備出門，媽媽驚奇地問：「你不是病了嗎？快回去躺著去！」

田尋笑著說：「媽，我沒事了，突然覺得病全都好啦。」

媽媽更奇怪了：「你剛才還渾身難受，咋一轉眼就全好了？」

田尋說：「我也不知道，可能是妳的薑絲麵起作用了吧！」

媽媽說：「胡說八道！薑絲麵又不是人參果，咋能剛吃完就治好病？你到底在搞什麼鬼？」

田尋說：「出去散散心。如果有人打電話找我，就說我昏迷不醒，接不了電話。」說完，田尋穿鞋出門，剩下媽媽一臉驚愕地在屋裡發愣。

下了樓穿過幾條街就是商業區，街上商場、餐館鱗次櫛比，頗為繁華，各大專賣店門口都在大搞促銷活動，很是熱鬧。田尋漫無目的地在大街上逛達，也沒心思去看那些促銷的美女都是賣什麼的，心裡煩亂地在思考連載小說的事。

正在這時，忽聽街邊一陣騷動，似乎發生了什麼事。等田尋走近了一看，卻見是

第三章　出局

個老太太摔倒在人行道邊，可能是摔傷了腰腿，一時掙扎著沒能站起來，旁邊十幾人都在駐足觀看，各自議論紛紛，卻沒人願上前幫扶一把。田尋見那老太太痛苦無助的樣子，走上前就要去扶，卻聽旁邊一對情侶在議論著說：「千萬不能去扶她，那老太太要是骨折，賴上你就完了，到時候老太太的家人一口咬定是你把人撞倒的。」

田尋聽了他們的議論，邁出去的腿不由得又收回來了。這時，忽然聽身邊一個女孩說道：「怎麼沒人幫忙呢？也太袖手旁觀了吧？」

田尋側頭一看，見說話的是個長得很精神的女孩，穿一身白色的愛迪達運動裝，頭上紮著馬尾辮，顯得英氣勃勃、十分漂亮。

先前那對情侶中的女孩撇了撇嘴，不以為然地說：「誰敢去扶啊？妳敢嗎？」那運動裝女孩馬上說：「有什麼不敢的？」說完她快步上前，一把就將老太太扶了起來。旁邊圍觀的人看在眼裡，反應各不相同，有的讚嘆、有的自愧，也有的鼻中哼哼，露出不屑之色。

那老太太並沒有骨折，只是有點輕微的外傷，女孩問她要不要緊，用不用叫出租車送她回家，老太太連聲道謝，說：「閨女，太謝謝妳了，我沒啥事，妳扶我在道邊凳子上歇會兒就行了。」女孩扶她到街邊的塑膠長椅上坐下，老太太邊揉著腿，還在不住地道謝，女孩見老太太並無大礙，這才離去。

旁邊的人也散去了，田尋看著那女孩身材婀娜的背影，心裡真有點不是滋味，心說我一個大男人連這點好事都沒勇氣去做，還不如一個女的。身邊一對中年夫婦也在邊走邊聊，那女的說：「一大幫人都不如一個小姑娘，真丟人！」

那男人不服氣地說：「不是大家不想去扶她，現在這種事還少嗎？那不頭些陣子，有個小夥扶了個為搶上公車而摔倒的老太太，結果那老太太硬說是小夥把她撞倒了，後來法院判了那小夥賠四萬塊錢醫療費。唉，世風日下啊！」

田尋順著大街往前走，心裡像打翻了五味瓶般複雜，心想這社會是怎麼了？中國謂之五千年文明大國，現在居然連老太太摔倒都不敢去扶，可這又怪誰呢？

正在邊走邊看風景之時，手機又響了，一看號碼，卻是同事嚴小波。田尋怕泡病號的事情露餡，沒敢接電話。過了一會兒嚴小波又發短信過來，說他正在外面採購辦公用品，讓田尋打電話給他，不用害怕。田尋這才回撥電話。嚴小波在電話裡問他怎麼生病了？田尋和嚴小波私下裡關係不錯，於是就告訴他自己並沒有生病，只是那篇《天國寶藏》寫不下去了，沒法交差，於是才假裝生病。嚴小波說主編為此事大為光火，在辦公室裡就能聽見他大聲說田尋唯利是圖，用小說來要挾他，田尋說他已經有心理準備。

嚴小波最後告訴他，說主編在中午時祕密會見了一個人，那人他認識，兩年前曾

第三章　出局

經假冒一個知名作家續寫暢銷小說的續集被罰款，鬧得沸沸揚揚的。田尋聽了後心裡有些打鼓，覺得事情不太妙。

在街上逛了一大圈，田尋無精打采地回了家。這時父親已下班回來，田尋進屋時，父母正在談話，見兒子回來了忙上前問話。父親說：「你小子早上還說渾身難受不舒服，怎麼睡一覺醒來就全好了？裝神弄鬼呢吧？」

田尋嘻嘻一笑，說：「這可能就是醫書上說的什麼『間歇性突發流感症』吧！」

父親說：「胡扯八道！我怎麼沒聽過有這種病呢？」

媽媽也說：「行了，你也別問他了，誰知道他又搞什麼鬼，是不是工作太辛苦了，想給自己放個假？」

田尋摟著媽媽的肩膀說：「妳真是我的親媽，太了解我了！」

父親說：「那也用不著裝病啊，害得我給你買了這麼多補品回來！」

田尋一看桌子上，呵，東西還真不少！有水果罐頭、廣東蜜橘、兩瓶純果汁，還有一大掛黃澄澄的香蕉，田尋掰下一根香蕉就開吃，嘴裡含糊不清地說：「反正已經買了，那就當我真有病了吧！」

媽媽氣得反而笑了，對父親說：「這都是你生的好兒子，真是管不了。」

父親一瞪眼睛：「怎麼是我生的？我一個人能生出他來嗎？我看他就隨妳。」

媽媽聽了剛要發作，田尋忙勸道：「好了，好了，二位，都是我錯了行不？今晚我做飯，你們倆去歇會兒。」

父親說：「這還差不多。對了，你明天上班不去？」

田尋說：「我自有安排，你們別費心了。」

媽媽擔心地說：「不會按曠工扣你的工資吧？」

田尋說：「扣工資就好了，就怕他不扣。」說完去廚房了。

父親看著媽媽，說：「這小子說的話我怎麼聽不懂？」

媽媽也說：「我也不知道，唉，真讓人操心。」

晚飯時，劉靜打電話過來，說替他請了三天假，可主編好像不太在意，完全沒有了白天那副怒氣，不知道為什麼。放下電話，田尋心裡隱隱覺得事情好像在向壞的方向發展。

一轉眼三天過去了，田尋又正常上班。坐在辦公桌前，屋裡的幾名同事都不怎麼理他了，不光是小雯、魏姐不和他說話，連劉靜和嚴小波也都裝出忙忙碌碌的樣子，似乎田尋是新來的，以往氣氛融洽的辦公室，現在卻安靜得有些反常。田尋心裡又有

第三章　出局

不祥預感，但一時還猜不出發生了什麼事。

過了一會兒，出版部那邊送來了本期雜誌的印刷樣刊，田尋一看樣刊的封面，頓時大驚，只見封面上用相當大的字體寫著：「《天國寶藏》第十章隆重揭曉；百年珍寶一瞬間展現地宮。」封面還採用了南京太平天國金龍殿的巨幅照片。很明顯，這期雜誌的《天國寶藏》不但沒有停止連載，反而還被主力宣傳。可這第十章的文章內容只在田尋家中的筆記本電腦裡獨有，那雜誌裡的內容又是誰寫的？他連忙說：「魏姐，讓我看看雜誌。」

以往魏姐對田尋相當關心，她離婚好幾年，一直都是單身獨居，有時甚至把田尋當成她弟弟般看待，常讓田尋去她家吃飯。可現在魏姐卻沉著臉，連正眼都沒看他，將雜誌往桌上一放，自顧寫字去了。田尋無暇考慮這些，拿起雜誌翻開，只見上面又刊登了《天國寶藏》的最新一期小說，只是內容和自己電腦裡的存稿完全不同，顯然是由別人代寫而成。

田尋這下明白了，主編在他請假的頭一天下午，就找了個擅長仿造別人寫作風格的「捉刀匠」續寫了小說，怪不得主編上午還在發火，下午卻又平靜了。田尋心裡十分惱怒，他不由得恨恨地道：「怎麼能這樣呢？居然讓人代寫！」

這時，旁邊的小雯哼了一聲，說：「怎麼不能這樣？你為了加獎金要脅主編不寫小說，還不讓主編找別人寫呀？害得我們也跟著挨罵，好像我們都是財迷似的！」小雯話裡有話，田尋又明白了幾分，八成是主編特地開會說了這件事，內容無非是大力渲染田尋為了多加獎金，如何如何要脅主編，一次次提出不合理要求什麼的。這樣一來，不但可以名正言順地找人代寫，又孤立了田尋，讓大家都認為田尋這個人品格很有問題。

田尋放下雜誌，默默走回自己辦公桌坐下。屋裡四個人都在工作，誰也不和誰說話，可田尋似乎已經聽到了他們心裡的潛台詞，七嘴八舌地將田尋罵了個夠。他在這家雜誌社工作了四年，現在頭一次感受到一種強烈的孤立感，這種感覺很不舒服，幾乎讓田尋坐如針氈。這時，主編打電話來叫田尋去一趟，田尋料到他肯定會找自己，於是走出辦公室，慢慢關上門。

他關上門後，並沒有馬上向主編辦公室走，而是裝作低頭繫鞋帶，同時把耳朵豎起來，聽著辦公室裡的動靜。果然，屋裡隱隱傳出小雯的聲音：「真是的，什麼人呢？仗著寫了點破文章，還真把自己當盤菜了，居然敢要脅主編，害得我們也跟著挨罵！」又聽見魏姐說：「我也沒想到他會是這種人，為了錢就什麼都不顧了？」劉靜接著說：「真是看不透一個人的本質啊！以前我們多拿了獎金，我還一直很感激他呢！」小雯又說：「那點錢算什麼啊？都不夠我買一套化妝品的，我壓根就沒拿它當

第三章　出局

錢！」嚴小波也說：「從這個月開始，咱們的獎金可就沒那麼多了，我還答應給我女朋友買白金手鍊呢，這下泡湯了。」小雯笑著說：「瞅你那點出息，告訴她等結了婚，給她買輛汽車不就完了！」大家都笑了。

田尋站起身體，慢慢向走廊外走去。剛才那些尖酸刻薄的話不停地在腦子裡迴響，田尋覺得頭很疼，好像有什麼異物鑽進了腦子裡，在一口一口地咬他的大腦。他用力拍了拍太陽穴，似乎想把腦子裡的異物給拍出來。

進了主編辦公室，主編面色冰冷地坐在寬大的沙發椅裡，邊喝茶邊看著手裡的雜誌樣刊。見田尋進來，他露出一絲輕蔑的笑容，放下雜誌說：「坐下吧，田大編輯。」

田尋坐在長沙發上，平靜地說：「主編，你找我有事。」

主編喝了口茶，說：「田大編輯貴體欠佳，不知道好沒好啊？」

這諷刺的話令田尋十分彆扭，他說：「我只是患了感冒，現在好多了。」

主編說：「用不用再多休息一段時間？」

田尋說：「不用不用，我已經完全好了。」

主編鼻中「哼」了一聲：「你這病來得快，好得也快啊！你想拆我的台，有這麼容易嗎？我明告訴你吧：我已經找了個代替你寫小說的人，雜誌的樣刊你看了吧？寫得比你好多了。所以，從今往後你也不用再交稿了。」

田尋聽他話裡有話，臉上露出不快之色：「主編，這樣不合適吧？畢竟小說的版權是我的。」

主編一拍桌子：「行了吧！跟我談版權，你才混了幾年？如果你不是本社的員工，而只是一名普通投稿作者，那版權是你的；可你別忘了：你打報告提出要求連載小說的時候，簽的可是《工作任務合同》，也就是說，你連載小說是社裡交給你的任務，從選題到具體內容，都是出版社下發任務明細的形式，版權完全歸社裡所有。不僅這樣，你拒絕完成連載，就等於故意逃避正常工作，我還要追究你的責任呢！你明白嗎？」

田尋沒想到主編拋出了這個殺手鐧，他當時在簽那個什麼《工作任務合同》時，只當是雜誌社裡必須要走的形式，沒想到現在自己非但沒有功勞和苦勞，反而成了罪人。田尋想了想，說：「主編，不是我故意不完成連載，而是這篇小說已經在湖州當地引起了一些不太好的反響，尤其是給毗山慈雲寺造成負面影響，甚至有人說我是故意給湖州市的旅遊事業抹黑，所以我才……」

主編打斷了他的話：「行了，少跟我說這些沒用的！越轟動就越出名，這麼淺顯的道理還用得著我說嗎？有多少人巴不得引人注意，你倒好，反而縮起頭來了，純粹是藉口，心懷鬼胎的藉口！這麼說吧，你沒完成工作任務，我也不罰你，到財務部去領這個月的工資吧！」

田尋一驚，說：「什麼？主編，你這是什麼意思？」

主編嘿嘿一笑：「怎麼，聽不懂我說的中國話嗎？那我就再說得清楚點吧！你因為惡意破壞工作制度和拒絕完成工作任務，被雜誌社除名解聘了，從今天開始生效，一會兒人事部那邊會把合同給你送過去，你簽完字之後就去財務部吧！」

田尋臉上神色相當尷尬，沒想到主編翻臉比翻書頁還要快，他已經做好了受處分，甚至罰款的心理準備，可萬沒想到主編竟然乾脆一腳把他踢開。田尋連忙辯解說：「我不連載小說是有不得已的原因，您總不能因為這事就開除我吧？」

主編冷笑一聲：「什麼不得已的原因？你倒說說看。」

田尋說：「是因為……我受到了一些人的威脅。」

主編哦了一聲，說：「威脅？你寫小說礙著誰了？」

田尋當然不敢說真話：「我也不知道他們的真實身分，估計可能是和湖州市旅遊局有點關係吧！」

主編哈哈大笑，說：「你就別編故事了！你這小說在社會上引起的反響我是最了解的，湖州市毗山在近半年的旅遊人數增加了百分之四十還多，旅遊局他們高興還來不及呢，怎麼會去威脅你？你小子毛太嫩了，撒謊都不會撒。好了，我時間很緊，你還有什麼要說的嗎？」

聽了這話，田尋知道自己是鐵定被踢出局了，他長吐了口氣，心想，這樣也好，至少不用看那些見風使舵的同事的臉色。於是他慢慢站起來，笑著對主編說：「李主編，既然事已至此，我也再沒什麼好說的。我在咱們《古國志》社裡幹了幾年，一向都是任勞任怨，什麼苦差事都是我出頭，這半年多因為我的小說，雜誌銷量上升了幾十萬冊，放在其他民營企業，我每個月的提成至少也得有上萬塊，但我從沒計較過。而現在你一腳就把我踢開，不但否定了我所有的成績，還讓我落了個惡意破壞工作制度的名聲，古人不是說過這麼句話嗎：鳥盡弓藏，兔死狗烹。現在兔子還沒死呢，你就把我這隻獵狗給煮了。我最後只有一句忠告，希望主編你能明白。」

主編聽了他的話，心裡略微有點愧疚，田尋說的這番話倒是真的，可他根本沒把後面的話放在眼裡，端起茶杯喝了口，說：「什麼忠告，我洗耳恭聽。」

田尋說：「我中斷連載小說實在是受到了很大的威脅，你找了人替代我寫，並不是什麼好事。到時候雜誌社惹禍上身，可別說我事先沒提醒你。」

主編臉上神色稍微變了變，馬上又回復了，他皮笑肉不笑地說：「是嗎？我怎麼聽著倒像是你在威脅我呢？我可告訴你，沒了你地球照樣轉，你要是敢心存芥蒂，私下裡報復什麼的，可別怪我對你不客氣。」

第四章　巧遇

田尋哈哈大笑，把主編嚇了一跳，他怒道：「你笑個什麼？」

田尋說：「李主編，你把我田尋看得也太扁了！說實話，我要是真想多要錢，完全可以在幾個月前就離開本社，這小說有知名度，我改頭換面隨便找個書商就能出單行本，不比在這裡賺得多？」

主編心想他說的也有理，可絕情話已經扔出去了，怎麼也不能再撿回來不是？於是主編說：「行了，我沒時間和你計較這事。」說完拿起雜誌自顧看了起來，等於下了逐客令。

田尋也不和他多廢話，轉身就出了屋，回到自己辦公室。剛一推開門，裡面談笑聲就停了，田尋坐到辦公桌上收拾東西。旁邊幾人互相用眼神來回溝通，各自神情複雜。這時，人事部給田尋送來了解除勞動關係的合同，田尋看也沒看就簽了字，人事部的人帶著合同走了。這時，屋裡的四個人臉上露出驚訝之色，好像也沒料到田尋會被開除。

田尋收拾好東西裝在大紙袋裡往外走，嚴小波忍不住問：「田尋，你上哪兒去？」

田尋心裡怒氣未消，也不看他一眼，逕自出屋走了，弄得嚴小波尷尬極了。

他剛出辦公室，就聽見屋裡七嘴八舌地議論開來，尤其小雯的聲音最高：「都被開除了，還神氣什麼啊？」

田尋冷笑一聲，沒工夫再去細聽他們又說什麼，直接來到財務部領了工資離開。

一路上他心潮起伏，有時氣憤，有時又後悔，當初真不應該去寫那部該死的《天國寶藏》，這下不但惹人威脅，還丟了工作，真是吃飽了撐的。正想著，已經到了家樓下，他鎖好車上樓，此時正是上午十點左右，田尋一開門，就聞到一股熟悉的藥味，他暗暗吃驚，忙進屋一看，只見父親躺在床上，媽媽坐在床邊，另有一個穿白大褂的護士模樣的中年女人，旁邊還高高地掛著瓶點滴。

進屋後，媽媽見是田尋，便說：「你怎麼回來了？」

田尋看見媽媽臉色憔悴，忙過來說：「我爸怎麼了？」

媽媽說：「唉，老毛病！今天一早剛到工廠的時候就犯了，這不才從醫院回來。」

田尋知道父親有高血脂和血黏的毛病，頭幾年就犯過兩次，每次都要住院。

父親躺在床上神色委頓，閉著眼睛只在喘氣，那護士說：「是這你兒子吧？」

媽媽點點頭，護士又安慰田尋說：「沒事，你爸這屬於老毛病，我給他用了維腦路通和刺五加，現在好多了。以後每隔四天去醫院做一次ＣＴ，按我估計，休息一個來月就能好。」

田尋點了點頭，那護士又說：「高血脂這病又叫『富貴病』，全得靠錢支持著，去醫院檢查、開藥、打點滴，哪一項都得花錢。」

田尋心裡一動，對媽媽說：「花了多少錢？」

媽媽說：「連ＣＴ帶磁共振、輸液開藥，總共花了不到四千。」

那護士說：「現在的醫院也太黑了！普通的高血脂病半天就花了四千，簡直比搶錢還狠。」

媽媽也說：「可不是嗎？你爸明年才退休，醫療保險也用不上，真是氣死人了。」

那女護士又坐了一會兒就走了。田尋見父親沉沉睡去，就和媽媽到客廳裡坐下。田尋說：「媽，看爸的病和上回差不多，恐怕還得花上幾萬塊，妳手裡錢夠嗎？」

媽媽嘆了口氣，說：「我手裡倒是有些錢，可你爸隔幾年就犯回病，幾次下去，我給你攢的結婚錢就都沒了。」

田尋說：「沒事，我手裡還有五、六萬塊錢，一會兒我把銀行卡給妳，拿錢給爸看病吧！」

媽媽驚道：「你手裡怎麼有這麼多錢？」

田尋說：「都是從工資裡省下來的。」

媽媽說：「可你的工資不是有一半都給我買藥了嗎？剩下的還要交生活費、水電費和買書，怎麼能攢這麼多？」

田尋說：「這半年多我在雜誌上連載了一部小說，銷量不錯，我分了一些績效獎，所以手裡有些錢。」

媽媽喜出望外：「是嗎，有那麼多錢？唉，你還是自己留著吧，家裡不能總用你的錢。」

田尋說：「家裡人還分什麼你我？給爸看病，也就等於我自己花了，沒事。」說完從錢包裡取出一張銀行卡遞給媽媽，說：「這卡裡有五萬，妳先用著。」

媽媽接過卡，眼睛裡有了點點淚光，她忽然想起一件事，問道：「對了，你怎麼現在就回來了？是取什麼東西，還是……」

田尋都快忘了自己下崗的事，他本來是想直說的，可現在父親有病，說了只能給老媽更添煩惱，於是說：「單位給我下了新任務，這幾天我要在家寫一篇稿子。」

第四章　巧遇

媽媽哪知他在說謊，點點頭說：「順便還可以送你爸去醫院做檢查，我這腿腳不方便，今天還是李護士幫著送去的。」

田尋說：「沒問題，我先去給我爸買點補品回來。」

媽媽連忙說：「別買了，又要多花錢。」

田尋笑著說：「該花的錢是必須花的，我一會兒就回來。」說完出門下樓，直奔商場而去。

樓下對面就是世界著名的「沃爾瑪」大型超級市場，集團創始人山姆•沃爾頓爵士的頭像高高掛在商場一側，田尋暗想，這美國老頭也真是厲害，光靠開超市就能幹到世界五百強第一把交椅，實在是讓人佩服。

寬敞的超市裡商品琳琅滿目，環境幽雅，田尋邊逛邊選東西。他雖然被開除了，但憑他的能力，找一份同行業的工作倒也不是難事，而且手裡除了給媽媽的那五萬塊錢，還有兩萬的私房錢，就算一年不上班，在家裡也是待得起的，所以他倒不是太發愁。相反地，以前工作的壓力太大，現在倒有點心情放鬆之感，要不是爸爸有病在身，他倒真想去外地旅遊一番，散散心。

溜達了一會兒，選了不少好吃的和補品，商場裡各處都有商品促銷，旁邊正有「百威」啤酒展位在舉行免費品嚐，很多人前擠後擁地爭著喝那不要錢的啤酒，有愛酒如命的人喝了一小紙杯不過癮，連著喝個沒完，直喝得臉紅到脖根，那促銷小姐脾氣也真好，從頭到尾就是微笑服務，絲毫不生氣。田尋一向對這種愛占小便宜的人沒什麼好感，不由得面有鄙夷之色。

正在漫無目的邊走邊想時，前面一個婀娜的身影一晃而過，田尋本沒在意，卻感覺這人影十分熟悉，好像在哪兒見過，又想不起來。田尋好奇心起，轉回頭推著購物小車，從一大排貨架盡頭走過，向右望去，卻見一個穿裙子的女孩在漫步閒逛。田尋眼尖，一眼就看出那女孩正是三天前在步行街上遇到的，出手扶摔倒老太婆的運動裝女孩，只是她今天沒穿運動裝，而穿著一件低胸的淡粉色真絲連衣裙，裙子裁剪得十分貼身，那女孩身材又好，充分顯出曼妙曲線，尤其是乳房豐滿又堅挺，低胸處露出深深的乳溝，令人無限遐想。田尋知道這女孩心地善良，又長得漂亮，不由得鬼使神差地推車過去，走到女孩旁邊多看了幾眼。

那女孩正在選購物品，她似乎注意到田尋在看她，側頭瞪了他一眼，說：「你幹嘛看我？」

田尋沒想到她這麼厲害，連忙說：「我在看商品，妳怎麼知道我是在看妳？」

第四章　巧遇

女孩哼了一聲：「你在看商品？這裡的商品你用得著嗎？騙傻子呀？」

田尋左右一看，頓時心裡暗暗叫苦，原來這兩大排貨位都是衛生棉，田尋的謊言自然是不攻自破，他臉上發紅，乾咳一聲，啞口無言。

女孩看到田尋窘迫的模樣卻笑了，說：「你是給女朋友買這東西嗎？」

田尋連忙順坡下驢：「對對對，是給我女朋友買的。」

女孩說：「她平時用什麼牌子的？我幫你找。」

田尋根本沒有女朋友，一時還說不上來，指東說西地說：「好像是……這個，哎不對，是那個吧……」女孩斜目看著他，臉上似笑非笑，剛才還明明給田尋個台階下，現在卻又像是故意叫他難堪。

田尋知道這女孩心思聰明，自己論心眼是怎麼也比不上的，因此他乾脆說了實話：「我沒有女朋友。」

女孩正在想他會說出什麼可笑的話來，卻聽他直說自己沒有女朋友，也微感意外：「你沒有女朋友？那你……」

田尋紅著臉說：「我前幾天見過妳一面，剛才是覺得妳眼熟，所以過來看看。」

女孩看著他說：「你這人倒挺坦白的，其實我也認識你，三天前在步行街上，那摔倒的老太太沒人扶，你本來想上前，可又退縮了，對吧？」

這下該輪到田尋意外了，他說：「妳記得我啊？可不是嗎，那天我就在妳身邊。」

女孩說：「一個大男人，看見老太太摔倒了也不扶，真讓人笑話。」

田尋不好意思地說：「其實我是想扶來著，但我也怕好事變成壞事，妳也知道最近這類事情挺多的。」

女孩哼了一聲：「照你這麼說，世界上就沒人願意做好事了，也沒人見義勇為了！」

田尋心裡有點不高興，他暗想：妳說得輕巧，等妳攤上這類官司的時候就傻眼了。他微微一笑，也沒再說什麼。女孩見田尋臉色有點不好看，知道他挺難堪的，於是岔開話題說：「你家就在附近住嗎？」

田尋說：「是啊，離這不太遠，妳不是東北人吧？聽口音不太像。」

女孩說：「沒錯，我是湖州人。」

田尋一聽「湖州」二字，心裡頭下意識地一驚，掩飾道：「湖州可是個好地方啊！」

兩人推著購物車慢慢走，女孩看著田尋，說：「你是做什麼的？」

田尋說：「我曾經是一家雜誌社的編輯。」

女孩說：「怎麼是『曾經』呢，現在不是了？」

田尋聽說她是湖州人，心裡就有了點提防，於是他點點頭說：「我一年前就辭職了，現在算是自由職業吧。」

女孩說：「哦，是這樣。」

田尋問道：「妳是做什麼工作的？」

女孩一笑：「你猜猜看？」

田尋看著她美好的身材、漂亮的臉蛋和高挑的個頭，笑著說：「是時裝模特兒，還是空姐？」

女孩說：「你可真會說笑話，我怎麼會是時裝模特兒或空姐呢？我哪有那個條件啊！」

田尋說：「怎麼沒有？妳這麼漂亮。」

女孩笑著說：「我有那麼漂亮嗎？」

田尋生來就喜歡欣賞美女，現在有了奉承美女的好機會自然不能放過：「所謂美人，以花為貌，以鳥為聲，以月為神，以柳為態，以玉為骨，以冰雪為肌，以秋水為姿，以詩詞為心。」

女孩聽得糊裡糊塗，但也能依稀聽出是在誇自己好看，嘴上卻說：「什麼亂七八糟的啊？一句也沒聽懂。」

田尋笑著說：「這是清朝初期安徽大文人張潮的書《幽夢影》裡的一句話，是說真正的美女應該是什麼樣，依我看，用來形容妳是再合適不過了。」

女孩冷笑著說：「看來你很會討好女孩，可惜我沒那麼風雅，也聽不懂。」

田尋碰了一鼻子灰，自我解嘲地說：「看來我想拍馬屁，卻拍到馬蹄子上了。」

女孩被逗樂了，「噗哧」一聲笑出聲來。

國外有位大哲人說過：如果想讓一個女孩喜歡你，就必須先讓她笑。這女孩被田尋逗樂，自然而然覺得和他不是那麼生疏了，說話也隨意起來。她對田尋說：「我是《西安日報》的記者，名叫趙依凡，你叫我依凡也行。這次是來瀋陽做專訪的。」

田尋說：「依凡，真好聽的名字，《西安日報》的記者我也認識一些，我叫田尋。」

趙依凡一驚：「你叫田尋？哪個尋？」

田尋見她臉上有驚疑之色，心中也起了疑。他生性有些多疑，剛才聽她說來瀋陽做專訪，而且還是從西安來的，心裡便有了三分提防，現在她再一問，就更加生疑了，於是說：「不是尋，是迅速的迅，我叫田迅。」

趙依凡「哦」了一聲，又說：「這樣啊，不過你好像對我們社很熟的。」

第四章　巧遇

田尋笑著說：「是啊，你們報社也算是赫赫有名的了，聽說你們社裡最近在搬遷新辦公樓？」

趙依凡說：「是啊！搬來搬去，耽誤了很多事情，還忙得夠嗆，累死了。」兩人轉過一個彎，來到食品部，田尋挑了一些核桃粉、黑芝麻糊、大蒜油丸和ＤＨＡ膠囊，趙依凡見他買的都是些補腦、降血脂的食品，笑著說：「怎麼，你感到最近腦子不夠用了呀？專買這些補腦的東西。」

田尋笑了說：「我的腦子還算靈光，十年、二十年還不用補吧！這是給我老爸買的，他有高血脂症，今天剛從醫院回來。」

趙依凡哦了一聲，說：「這麼說，你還算是個孝子呢！值得表揚。」

田尋說：「怎麼叫『算是』呢？我是正宗新鮮出爐的大孝子。」

趙依凡呸了一聲，說：「剛誇你幾句就飛上天了，臉皮真厚哦！」她聲音清脆，又帶著些陝西特有的口音，聽起來很是舒服，田尋不禁覺得身體也有些發軟，連忙深吸了幾口氣，怕她看出自己的窘態。

為了掩飾，他問道：「妳來瀋陽給誰做專訪，任務完成了嗎？」

趙依凡說：「別提了，最近倒霉的事情都趕到一起去了，我要採訪的人和你一樣，也是個編輯，我四天前剛到瀋陽下火車就去找他，結果說他請假了，要三天之後才上班。我等了三天，今天一大清早就去尋他，結果那雜誌社的主編告訴我，他已經被開除掉了。我氣得要死，這不是在和我故意作對嗎？看那主編也不像耍弄我的樣子，沒辦法我只好回來了，準備買些東西，下午就坐火車回西安了。」

這一番話她說得無心，可把田尋聽得直張嘴，心想：難道有這麼巧的事？他心裡怦怦亂跳，嘴上裝作無意地隨口問：「那雜誌社叫什麼名字？」

趙依凡正在看一瓶飲料的說明，隨口說道：「是叫《古國志》雜誌社，是一家月刊雜誌，是省古籍出版社的下屬單位。」

田尋「啊」地叫出聲來。趙依凡側頭看著他，說：「怎麼？你和這家雜誌社有工作往來嗎？」

田尋大腦急速旋轉，暗想：整個雜誌社今天被開除的人只有我一個，她自然是要採訪我的了，可我到底承不承認我就是那個剛被開除的田尋呢？她來採訪我，無非是那篇《天國寶藏》的社會反響，做了專訪就得見報，既然是大老遠來做專訪，搞不好還是個頭條。可現在不比往常，如果我再在媒體上露面，說不定王全喜他們還會再來尋我的晦氣，我丟了工作，家裡父親又重病，這時候最好是少惹是非，幸虧剛才沒跟她說真名，要不現在就沒後路了。

他思考這些念頭的時間也就是兩、三秒鐘，然後對她說：「聽說過，但來往不多，不過聽說那雜誌最近有部小說連載挺出名的。」

趙依凡說：「對啊！我就是來採訪那個《天國寶藏》的作者的！他名叫田尋，尋找的尋，你叫田迅，而且也是在雜誌社工作過，這也太巧了點吧？如果你不是一年前就辭職了，我就會以為你就是呢！」

田尋暗暗佩服自己，幸好沒有對她說自己是今天才辭職的。

兩人向收銀口走去，田尋說：「那《天國寶藏》現在火得很，可為什麼妳從西安大老遠來採訪他？」

趙依凡說：「你肯定沒看過那小說，寫的就是發生在我的老家湖州的事，尤其是湖州毗山的慈雲寺，這大半年來都被人踩破了門檻了，說來也怪，本來應該沒人來的，可反倒越來越多。」

田尋說：「妳自言自語什麼？」

趙依凡笑了，說：「那小說寫的是發生在慈雲寺裡的一件盜墓事件，描寫那慈雲寺的住持老和尚和手下的小和尚都是守護洪秀全寶藏的後人，很多偷偷來尋找寶藏的人，都被老和尚給殺死了，後來那幾個和尚也死掉了。」

田尋說：「我明白妳的意思。那慈雲寺就像是一家黑店，和孫二娘開的酒館差不多，按常理人們應該是避之不及的，可妳忘了，人的好奇心理最強，有的時候，就算是冒著生命危險，也要弄清楚一件事，那是人的天性，所以小說裡把慈雲寺寫得越可怕，人們就越想去看個究竟。」

趙依凡驚奇地看著田尋，臉上十分佩服，說：「你很厲害啊，我們總編和湖州市旅遊局的人都這麼解釋，人這東西也真怪，猜不透。」

兩人來到收銀台交款，田尋買的東西多，趙依凡買了幾袋麵包、兩包紙巾和一塊香皂，看來是準備在火車上用的。田尋取出信用卡付帳，收銀台的小姑娘以為他們是情侶，問：「一起結帳嗎？」

田尋當然要顯紳士風度，連忙說：「是的，一起結。」

沒想到趙依凡掏出錢來說：「我自己結我的東西。」

田尋只當她是客氣，笑著說：「不用，讓我來吧。」

沒想到趙依凡露出不快之色，說：「為什麼要讓你替我買東西？我沒有這個習慣。」

第五章　美女記者

田尋又碰了一鼻子灰，只好各結各的。

出了超市大門來到街上，田尋心裡盼著她早點離開瀋陽，於是問道：「妳現在住在哪兒，什麼時候走？」

趙依凡說：「我就住在前面街口的如家酒店，打算坐今晚的火車，明天下午就能到西安了。」

田尋「哦」了一聲，鬆了口氣，卻也有點捨不得這個漂亮的女記者。

忽然趙依凡說：「我很少來北方，更是頭一次到瀋陽，下午想去故宮裡逛逛，你給我做嚮導怎麼樣？」

田尋脫口說：「沒問題！哎呀，可是……」

趙依凡微有嗔色，說：「有話就直說，吞吞吐吐的哪像東北爺們兒。」

田尋賠笑說：「能陪著咱們漂亮的依凡大記者逛故宮，我當然是很樂意奉陪的，但妳也知道，我爸爸大病初癒，今天剛從醫院回來，我怎麼也得陪在他身邊是不是？」

趙依凡點點頭，說：「說的對，那是我錯怪你了，給你賠禮了。」

田尋心說，她說話的聲音實在是太好聽了，要是天天能聽到，至少也能多活十年，心裡更是不捨，他轉了轉念說：「這樣吧，我先回家一趟，把買的東西送回家。

然後和我媽說一聲，下午陪妳去故宮，晚上我送妳上火車。」

趙依凡十分高興，說：「太好了，這還像個盡地主之誼的樣子！不如乾脆我陪你回家吧，順便看看你爸爸。」

田尋哪敢答應，連忙說：「不用不用，我自己回去就行了，謝謝妳的好意。」

趙依凡的脾氣卻直，說：「怎麼不用？這點小事也是後輩應該做的，你總不應該拒絕吧？」

田尋眼珠一轉說：「不是我不想讓妳去，只是怕我老媽又要誤會了。」

趙依凡奇道：「你老媽誤會什麼？」

田尋嘆了口氣說：「我媽媽總催著我結婚，可我現在還沒有什麼固定的事業，所以想先立業後成家，一直也沒找女朋友。有時我偶爾帶女同事或女性朋友回家，我媽就拉著人家問長問短，好像人家是她兒媳婦似的，弄得對方十分尷尬，事後又沒完沒了地跟我問東問西，攪得我煩死，所以妳還是別去的好。」

趙依凡臉有點紅，說：「哦，那……那就算了吧。」

田尋心中竊喜，說：「那妳想什麼時候去故宮？」

趙依凡看了看腕上的手錶，說：「現在是十一點半，哎，不如這樣吧，你送東西回家就出來，我請你吃午飯，然後再去故宮，怎麼樣？」

第五章　美女記者

田尋說：「那怎麼好意思？不如我請妳吧，我可沒有讓女士請客的習慣。」

趙依凡不悅地說：「大男人主義！女人怎麼就得理直氣壯地吃男人的？我偏要請你不可，看你敢不答應？」

她說這話有三分玩笑和三分戲謔，可卻隱隱也有些命令口吻，不過在田尋聽來卻相當舒服，他連忙說：「我可不敢得罪妳啊！那好，午飯妳請，下午我盡心給妳當嚮導，要是妳覺得我不稱職，就立刻炒我的魷魚！」

趙依凡咯咯嬌笑，說：「當然了！你以為我會護著你啊？」這一來，兩人又覺得親近了幾分。

於是商量好，兩人互相留了電話，趙依凡向東面酒店而去，田尋往西回家。田尋把補品交給媽媽，說下午有點事要去辦，晚上再回來做飯。然後換了身筆挺的黑色西裝，同樣黑色的襯衫，不繫領帶，領口敞著兩粒扣子，露出脖子上精緻的白金項鍊，對著鏡子瞅瞅，雖然他相貌平平，但也頗有風度。

媽媽看著他的舉動，不禁問：「你打扮這麼光鮮，是相親嗎？」

田尋邊繫鞋帶邊說：「我的親媽，我除了相親之外，就不能穿得稍微整齊點。」

媽媽說：「你怎麼就不考慮一下自己的事啊？都三十一歲了，不是小孩了！」田尋就怕母親提起這事，連忙口中支吾著下樓走了。

他順著街口向東，來到如家酒店門口，給趙依凡發個短信通知一聲。不大工夫，就見依凡邁著輕盈的步伐從酒店旋轉門裡走出來。田尋眼前又是一亮，不由得呆住了。

只見趙依凡又換了一身衣服，上穿一件緊身白色短袖T恤，她本來身材就高挑豐腴，胸脯更是豐滿，再加上圓圓的領口開得很低，乳溝盡露，走路時更是微微聳動，簡直是對眼睛的謀殺。她下穿了一條黑色真絲百褶短裙，一雙健美的腿顯露無遺，白嫩的腳上穿著水晶高跟涼鞋，真是好看得沒法形容。

田尋的眼睛像電腦掃描一樣，從上到下看了她好幾遍。男人天性喜歡欣賞美女，田尋更是此中典型，他暗想：這麼漂亮的女記者，在工作時肯定會有相當大的優勢。想到這裡，臉上露出微笑。

趙依凡哪知道他心裡的風流念頭，還以為他是誠意來找自己，也報以微笑，走到田尋近前說：「喲，怎麼一會兒不見，變帥了好多哦！」

田尋笑著說：「初次陪伴美女，當然得像個樣子了。依凡，妳真漂亮，我都不敢多看妳了。」

趙依凡當然聽出來了，假嗔道：「你對漂亮女孩都這麼說，是嗎？」

田尋連忙擺手辯解。趙依凡卻笑了，大大方方地說：「好了，不逗你了，咱們走吧，你想吃些什麼？」

田尋聽她說「咱們」，這心裡像倒了蜜罐似地高興，說：「我是屬豬的不挑吃，妳喜歡什麼，我就隨著吃什麼。」

趙依凡說：「咦？你今年三十七歲了？不像啊！」田尋解釋說：「我的大小姐，我的意思是說我像豬一樣不挑吃穿，並不是說我真屬豬，我是屬蛇的，今年三十一歲。」

趙依凡咯咯嬌笑，邊笑邊指著他說：「我知道，我是逗你玩呢！」

田尋哭笑不得，無奈地嘆了口氣，兩人並肩而行。

走了不大會兒，路口有一家韓式烤肉店，裡面傳出悠揚的朝鮮歌曲。門前有兩個穿白衣的年輕小夥，每人手持一根大木槌，往一塊大木墩上輪流錘打，木墩上放著一團又白又黏的麵團，被那木槌打得陷下去後，卻又馬上彈回，好像一個彈性極佳的皮球。趙依凡從沒見過東北的特色食品，不禁看得有趣，問道：「咦，他們在打什麼呢？」

還沒等田尋回答，其中一個小夥接口說：「這是打糕，是朝鮮族人的傳統食品。」這小夥顯然是朝鮮族，說漢語的口音略有些生硬，他口中說話，手裡的大木槌卻絲毫沒停，仍然「砰砰」地打著。

趙依凡覺得有意思，說：「太好玩了，我也想上去打兩錘子。」

田尋哈哈一笑說：「就怕妳打了幾下就沒勁了。」

趙依凡說：「這打糕好吃嗎？我們西安雖然也有幾家烤肉店，但都說味道遠沒有東北的好吃。」

田尋說：「這家店叫『三千里石板牛肉』，在全瀋陽市也算得上是數一數二的名店，味道當然沒得說了，而且價錢又不貴，我們不如去吃烤肉？」趙依凡欣然同意，兩人信步走進烤肉店。

剛邁進門，就有一位漂亮的小姐快步迎上來，她身穿朝鮮族傳統服裝，裙子繫得高高的，都到了胸前，頭髮梳得油光，在腦後紮了個鬏，向兩人欠身一鞠，微笑著說：「安泥哈誰喲！歡迎光臨！」領著二人在一個幽靜靠窗的位置坐好，趙依凡很少吃燒烤一類等接觸明火的食品，於是讓田尋點菜。不大會兒工夫，炭工將石板鍋端上來，又擺上兩盤牛肉、一盤魷魚、一盤小牛腰子和四碟精緻的朝鮮小菜，分別是泡菜、小明太魚乾、甜醬醃豆和紫菜包飯，另上了一盤涼拌豬耳朵，又分別在兩人面前放兩個小盅，裡面是用麻醬、糖和白醋等兌成的作料。

趙依凡從沒有如此吃過烤肉，見上了這麼多玩意兒，問田尋說：「這牛肉是生的呀，能烤熟嗎？」

田尋笑說：「當然能了，我們又不是原始人，總不能吃生肉吧？」他見趙依凡遲遲不動，知道她平時不接觸此類吃法，於是大大咧咧地抽出筷子，先將作料調勻，再把煨好的雪花牛肉一塊塊平攤在石板上，頓時一股清煙升起，並吱吱作響，牛肉的油在石板上沸騰冒泡。

趙依凡看得有趣，也學著田尋動作，問：「什麼時候才算熟啊？」

田尋給她的小碟裡夾了一塊紫菜包飯，說：「等兩面的顏色都均勻變淺，沒有肉紅色的時候就行了，給，這紫菜包飯有美容的效果。」

趙依凡笑著夾進嘴裡，嚼了嚼說：「這東西真好吃，是糯米的吧？」

田尋說：「沒錯，這東西日本人叫『壽司』，到了朝鮮就叫紫菜包飯了。」說完將幾塊牛肉翻了個身，又放上幾塊魷魚片和小牛腰子。

趙依凡又嚐了嚐明太魚乾和醃豆，點點頭說好吃，田尋給她倒杯飲料，趙依凡問：「這家店為什麼叫『三千里石板牛肉』，卻不叫四千里、兩千里？」

田尋笑著說：「妳真逗，那朝鮮半島長度超過兩千里，寬也有一千里左右，而且風景如畫，所以從古時起高麗國就自稱『三千里錦繡江山』，名也就傳下來了。」這時，牛肉也烤熟了，田尋又挾了片嫩牛肉給趙依凡，自己也弄了一塊肉，在作料盅裡蘸蘸，放進嘴裡。趙依凡也依法炮製，覺得牛肉鮮嫩無比、入口即化，酸甜中又略帶鹹味，不由得喜笑顏開，說：「真好吃，嘻嘻！」

見她吃得開心，田尋也很高興。趙依凡平時吃慣了涼皮鍋盔和羊肉泡饃，現在吃烤肉覺得鮮美無比，兩人邊吃邊聊，倒也挺融洽。

快要吃完的時候，服務員又免費送上兩份南瓜粥和一小盤打糕，這粥是朝鮮族特色小吃，打糕更是冰涼爽口，趙依凡一嚐之後讚不絕口。吃完飯趙依凡結了帳，兩人出了飯店，依凡輕輕撫著肚子，說：「哎，吃得好飽啊！那故宮離得遠嗎？不如我們走路去吧，順便消化一下，嘿嘿！」

田尋說：「好啊，故宮離這裡也就四、五條街遠，我們慢慢走吧。」兩人從街邊人行道的樹蔭下說說笑笑，緩緩而行。田尋有美女陪伴自然心情格外舒暢，似乎已將早晨在雜誌社裡發生的不愉快遠遠拋到了腦後。

走不多時，就看到了故宮高大的紅色宮牆。田尋心裡納悶：這四、五條街平時感覺挺遠的，怎麼今天這麼快就到了？趙依凡隔著宮牆看見裡面的飛簷斗拱，說：「這故宮比北京的小了許多，不過也很好看，咱們快買票進去吧！」兩人在售票口買了票，田尋要替她付帳，可她還是堅持不同意，沒辦法又是AA制，各買各的票。

進到故宮裡，先是十王亭和大政殿，瀋陽故宮比北京故宮小了很多，但畢竟也是兩位皇帝的國都，但見宮殿林立、重簷廡頂，雄偉氣派。田尋在瀋陽住了三十多年，十多年前就逛過十幾遍，對這裡當然很熟，他拉著依凡的手四處遊覽，依凡知道他有藉機拉手占便宜的動機，但看在田尋不是壞人的份上，也就忍了。

逛著逛著，兩人到了左側的崇政殿，依凡說：「這座殿和剛才的大政殿差不多大，有什麼不同嗎？」

田尋說：「這崇政殿是皇帝辦公和處理朝政的地方，那大政殿是舉行像祭天一類重大集會的地方。崇政殿相當於北京故宮的太和殿，不過規模就小得多了，畢竟那時候滿清還沒入關。」

依凡笑著說：「你懂得不少啊，怪不得要給我當嚮導，真連導遊都省了。」

田尋說：「我家十幾年前的平房就在故宮後牆邊上，小時候總偷偷溜進去玩，這裡我是再熟不過了，妳看，對面就是鳳凰樓，是故宮裡最高的建築了。」

兩人身處的地方是一個大空地，不少遊人三三兩兩地或休息或拍照，倒也很熱鬧。田尋領依凡到協中齋門口的一個售貨車上買飲料，旁邊有三個外地打扮的男人，都在三十多歲左右，嘻嘻哈哈地也在買東西。其中一個手裡拿著數位相機，他看到依凡後，目光放肆地上下不住打量她，臉上似笑非笑，神情古怪。

田尋瞥眼一看，不由得怒意頓起。

那傢伙見田尋對他怒目而視，嬉笑著轉回頭去了。

田尋和依凡挑飲料時，聽見「叮啷」一聲輕響，田尋耳朵尖，下意識側頭去看，原來是剛才那人手中的鑰匙掉了，剛好落在依凡的腳旁，見那人用握著數位相機的左手彎下腰，漫不經心地去撿那地上的鑰匙串。

第六章　歹徒

依凡挑了一瓶酸梅湯，田尋則拿了瓶百事可樂，兩人來到旁邊的長椅上坐下休息。此時正是下午兩點來鐘，陽光照得正足，空地上遊客眾多，小孩哭、大人叫，人聲嘈雜。田尋正和依凡有一搭無一搭地聊著，忽然看見斜對面不遠處那三個外地男人正坐在花壇邊上，那剛才撿鑰匙的人坐在中間，手裡拿著數位相機，另兩個腦袋也湊在一塊，三人都盯著相機螢幕看，還不時地朝田尋這邊詭笑，神情怪異。

田尋本沒在意，依凡說：「走得好累啊，沒想到北方的五月份也這麼熱了。」說完把腿伸直交叉在一起，輕輕地揉著酸痛的大腿。依凡的身材實在是好，那兩條美腿粉嫩健美，散發著青春活力，田尋不由得多看了幾眼，卻又怕依凡發現，而依凡正轉頭看鳳凰樓那邊的歌舞表演，根本就沒注意到田尋的目光。

田尋欣賞著依凡的美腿，眼光一掃，又看見那三個外地男人陰陽怪氣的笑臉，也正在看著依凡的腿，三人目光交換，還不停地對著數位相機螢幕指指點點，臉上表情淫邪。

田尋心中一動，忽然想起剛才的一幕，那個撿鑰匙男人就在依凡身邊，手裡還握著數位相機，他清楚地記得那相機螢幕是朝上的，剛好對準依凡的裙底，依凡的裙子是真絲百褶超短裙，裙子又薄又短，幾乎在膝蓋之上二十公分，田尋立刻明白，那傢伙撿鑰匙是假，真正用意是用相機偷拍裙底風光，此時三人顯然是在共同欣賞剛才拍攝的傑作。

想到了這一節，田尋不禁怒氣上撞，見依凡邊喝飲料，邊用手帕往臉上搧風，田尋站起來，想過去搶他們的相機，但又考慮這三個傢伙身強力壯，自己恐怕也討不到什麼便宜，而且一旦在相機上找不到證據，反倒惹得一身臊，於是又強忍住了。

依凡說：「喂，這就要走啊？我還沒歇夠呢，再坐一會兒。」

田尋不想再看見那三個討厭的傢伙，於是說：「鳳凰樓後邊也有長椅，那邊有蔭涼，走！我們去那邊坐坐。」還沒等依凡說話，就硬拉著她走開了。

來到鳳凰樓背後，這裡有一大排販賣特色紀念品的小售貨車，有京劇臉譜、清宮格格戴的頭飾、貴妃在手指上的尖尖指套，琳琅滿目，依凡喜歡看熱鬧，頓時就忘記了勞累，又一頭鑽進人群裡看了起來。田尋在旁邊散步，欣賞著依凡蹦蹦跳跳的背影，那漂亮性感的蠻腰、曲線圓潤的屁股，還有線條優美的大腿、玲瓏的小腳……他不由得看出了神，心想：她真漂亮，真不知道這麼好的女孩得找個什麼樣的男人才算配得上她？

第六章　歹徒

正想著，從鳳凰樓前面轉過三個人來，田尋一眼看見，還是那三個討厭的男人，只見這三個傢伙走走停停，也看到了在售貨車看東西的依凡，那手持數位相機的傢伙假裝也看東西，慢慢湊了過去，站在依凡身邊，另兩個傢伙則找了個長椅坐下，互相聊天。田尋也走近依凡，在離她四、五步遠的地方站下，假裝喝可樂，餘光卻緊盯著那傢伙的一舉一動。

果然，過了不一會兒，那傢伙慢慢掏出鑰匙，手一鬆扔在地下，剛好掉在依凡的高跟鞋旁，依凡側頭看了一眼沒在意，那傢伙將數位相機交到左手，慢慢彎下腰去撿鑰匙，手中相機螢幕朝上，左手明明已經觸碰到了鑰匙，卻不急著撿起，在那裡磨磨蹭蹭，顯然是想要拍照。

正當那傢伙準備按相機快門時，身邊人影一晃，田尋已經站在依凡和那人之間。這傢伙抬頭一看是田尋，臉上現出驚惶之色，然後馬上直起腰。

田尋冷笑著說：「哥們，你拍得挺過癮吧？讓我看看怎麼樣？」

這人有些驚慌，嘴上卻說：「你說啥呢？俺聽不懂。」

依凡聽見田尋說話連忙回頭，問：「哎，怎麼了？」

田尋一伸手：「相機給我，我幫你把你不應該看的東西刪了。」

那人卻顯得很鎮定，一撇嘴說：「你這人有毛病啊？說啥呢，憑啥給你？」

依凡看得奇怪，想要問卻插不上嘴，田尋臉色漸怒，說：「你裝什麼無辜？你剛才幹什麼了，以為我不知道啊？趕快給我，不然小心我報警抓你！」

這時，旁邊那兩人過來了，一左一右把田尋圍住，七嘴八舌地說：「你想幹啥啊？耍流氓啊，找打架啊你？」

田尋氣得大罵：「你他媽的才耍流氓！拿個破相機到處亂拍，以為我不知道？剛才我就看見了，現在還想拍？」

旁邊很多人聞聲圍了過來，聽田尋的話就猜出了七、八分，紛紛朝那拿相機的人指指點點，面有鄙夷之色。依凡也明白了怎麼回事，她臉上漲紅，輕輕咬著嘴唇，拉了拉田尋的胳膊小聲說：「算了田迅，別理這種人，咱們走吧。」她還以為田尋叫「田迅」。

那三個小子一看人多勢眾，本身又理虧，又看依凡不想鬧大，強裝無事地說：「小子，這回就饒了你，下回說話小心點！」

田尋上前一步說：「把相機裡的東西刪了！」那小子有些動怒，剛要上前伸手，依凡一拉田尋說：「算了，走吧！」將田尋拽出人群離開。

兩人經過這件事後都覺掃興，於是朝大政殿那邊的出口走去。田尋恨恨地說：「真應該把那相機搶過來！」

依凡臉色尷尬，說：「別再提了，走吧。」田尋知道她害羞，也就不再說什麼了，只是心裡怒氣未消。

快走到十王亭時，田尋偶然發現後面有幾個人在鬼鬼祟祟地跟著，側頭用餘光一看，還是那三個傢伙，只是三人都板著臉，面有狠色，似乎不懷好意。

田尋心裡一驚，暗想這幾個傢伙很有可能是惱羞成怒，要伺機報復，於是拉過依凡的手說：「天不早了，我們快走吧，我聽說今天下午有雨。」

依凡說：「是嗎？可是我昨天晚上看電視，沒說今天有雨呀！」田尋只顧拉著她快走，也不回答她的話。

依凡有點生氣了，她甩開田尋的手，說：「你幹什麼？怎麼怪怪的！」田尋衝她向身後使了個眼色，依凡側頭一看，頓時明白了，卻笑著說：「怕什麼？沒事，咱們偏慢慢走！」

田尋低聲說：「別鬧了，這幾個傢伙不知道打什麼算盤，我們還是少惹事。」

依凡向他一笑，邁著輕快的步伐，在石子鋪成的小路上信步而行，不時還轉個圈，好像天真爛漫的小姑娘。田尋心想，這個依凡畢竟還是女孩性格，不知道現在社會的危險，我可不能由著她的性子。正想著，兩人已經走出了故宮，向左順著街走，來到一個小廟附近。這小廟緊貼著故宮的北宮牆，雖然和故宮僅有一牆之隔，廟卻很小，四周又偏僻無人，很是奇怪的一個地方。依凡說：「咦，這個小廟怎麼建在這裡呢？」

田尋向後看了看，那三個傢伙並沒有跟過來，心裡稍微平靜了，說：「這是中心廟，裡面供著關老爺和土地爺，據說當年努爾哈赤在新賓赫圖阿拉老城起兵的時候就修了一座小廟，用來供戰神關羽。後來老罕王常打勝仗，很多人都說是關羽保佑他，於是在瀋陽修故宮的時候，努爾哈赤就也造了這麼一個小廟來供關羽，當時叫『忠廟』，因為是豎著寫的，遠遠看去就像是『中心廟』三個字，慢慢也就傳開了，老一輩瀋陽人都說這個小廟是瀋陽四城八卦的中心點，可究竟是不是這麼回事，我就不太清楚了。」

依凡點了點頭：「原來是這麼回事啊，這些古建築還真有意思，每處都有典故，太有意思了！」

田尋說：「可不是嘛！瀋陽有大小八座城門呢，現在只剩下兩座了，可惜妳明天就走了，不然我陪妳去懷遠門和撫近門看看，也挺有意思的。」

依凡笑著說：「誰說我明天就要走了？」

田尋奇道：「妳不是要坐今晚的火車回西安嗎？」

依凡狡黠一笑：「說不定我臨時改變主意，又不想走了呢？」說完微笑著看著田

第六章　歹徒

尋。

田尋心裡有種莫名的喜悅，說：「那……那太好了！」

依凡說：「好什麼？」

田尋嘿嘿一笑：「那我就可以多陪妳逛逛瀋陽城了唄！」

依凡用審視的目光盯著田尋，嘴角卻帶著笑說：「真是這麼想的嗎，嗯？」田尋笑笑不答。

說著話，兩人來到了一處偏僻的青磚牆旁邊，這裡距故宮博物館一路之隔，四周滿是白色的花叢，因為沒有什麼建築，所以遊人很少朝這邊來，倒是個幽靜的所在。不知怎麼的，田尋和依凡並肩而行，心裡卻怦怦地亂跳，有種說不出的奇異感覺。他鬼使神差地問了一句：「依凡，妳有男朋友嗎？」

依凡說：「有啊，怎麼，你想追我呀？」她這話說得倒直接，卻把田尋堵得臉上漲紅，說不出話來。依凡咯咯笑了，說：「你呀你，男人看到漂亮女孩子就動心，你也不例外。」

田尋有些急了，說：「我就是隨便問問，根本不是妳想的那樣。」可越解釋依凡越笑，田尋乾脆不說話了。忽然，他感覺身後有點異樣，不經意回頭一看，猛然發現那三個外地男人的其中兩個居然就跟在身後十多米的地方！

這下田尋有點害怕了，因為他清楚地看見那用相機拍照的人，現在手裡拎著一把水果刀。田尋心裡驚慌，他強自鎮定了一下，輕輕拉過依凡的手急向前走，依凡不知何意，又笑說：「今天你可討了我的便宜了，手還沒有摸夠？」剛說完，第三個男人在前面出現，臉上帶著訕笑攔住了路。

田尋想斜著穿出花叢，後面兩人快步跟上來，那拎刀男人對田尋說：「臭小子，我讓你跟我裝硬，看你現在還硬不硬？」

田尋偷眼向左右看了看，附近連一個遊客都沒有。像這種事他還真是頭回遇上，以前只是在電視和報紙上看到說碰到持刀歹徒什麼，這次遇到真的了。他心裡有些害怕，下意識地把依凡擋在身後，冷笑著對那男人說：「哥們，這大白天的你想幹啥？旁邊就是治安崗亭，你膽子也太大了吧？」

三個男人都嘿嘿笑開了。那男人上前幾步，抬刀晃了晃：「你裝啥啊，都這樣了你還跟俺充好漢？《水滸傳》看多了吧？剛才在人群裡那麼神氣，現在咋又癟了呢？」

田尋知道這幾個人不是善類，心想好漢不吃眼前虧，畢竟對方手裡有刀。於是他賠著笑說：「三位大哥，剛才那也是我一時生氣，這事就算了吧，鬧大了對誰都不好，是不是？」

那人說：「說啥，算了？哪有這好事呀，算了也行，你這女朋友挺漂亮的，讓哥們幾個摸摸奶就算了，你看中不？」

這一口濃濃的河南方言本來是很親切的，可此時聽起來卻是相當彆扭。田尋氣得夠嗆，還沒說話，依凡卻開口了：「放屁！閉上你的臭嘴，別以為拎把修腳刀就把自己當回事了，你算個什麼東西？」

田尋吃了一驚，心想壞了，這下非把這幾個傢伙惹毛了不可。果然，三個男人氣得火冒三丈，那人大罵道：「操妳奶的小騷貨，妳以為妳長得漂亮就好使嗎？今天哥哥我非好好摸摸妳不可！」說完他走上兩步，伸出一隻手來竟然去摸依凡的胸。

田尋怒火直冒，心想這他媽的也太大膽了，大白天的真敢耍流氓？他想都沒想，忽地一伸胳膊推開那人的手，罵道：「你想幹什麼？還沒王法了呢！」

那男人右手舉刀作勢要捅，田尋連忙往後躲，三個男人見狀都哈哈大笑起來，那男人淫笑著說：「就你這兩下子，還泡這麼個好妞呢，乾脆讓給俺算了！」

說完又涎臉湊上來。這傢伙見依凡一直沒說話，心想這小妞肯定是被嚇傻了，這時候不占便宜，那還等什麼？想到這裡他上前就去摟依凡。田尋大叫一聲：「滾開！」上前朝他肋下就是一腳，這傢伙原以為手裡有刀就有恃無恐，卻沒想到田尋這一腳來得太快。

原來田尋心想：你手裡有刀倒是不假，可我大小也是見過世面的人，去年在湖州毗山底的大墓裡，那平小東比你厲害不？人家是防暴員警出身不說，手裡頭還有槍，我不是一樣用撬棍打得他哇哇大叫？這麼一想，膽子就大多了，於是才飛起這麼一腳，正踹在那傢伙的腰眼上，那傢伙「哎呀」叫出聲來，一個趔趄拄在地上，差點沒把小腸岔氣踢出來。他氣壞了，爬起來惡狠狠地操刀向田尋扎去。

田尋懼怕他手上的刀，連忙向後退去，可這傢伙氣急敗壞，來勢迅猛，轉眼時刀尖就到了田尋的小腹，田尋大駭，心說不好！可是卻來不及躲了。

卻見身邊的依凡抬起左腿，橫著往那傢伙面門上踢去，這一腳勁也夠大的，那傢伙悶哼一聲，上身向後急仰，凌空栽倒地上，臉上鮮血直流，七葷八素，再也爬不起來。

這下另外兩人和田尋都呆住了，那兩人回過神，也都抽出尖刀向依凡撲來。依凡也不躲閃，等到前面那人手裡舉刀扎到，她抬起右腿，剛好踢到那人拿刀的手腕上，接著她右腿繼續高抬，幾乎達到一百八十度角後又急速下落，正好這時那傢伙把腦袋湊了過來，一個標準的下劈動作，高跟鞋的尖跟狠狠踩在他腦門中，那傢伙痛得大叫，一個狗啃泥趴在地上，臉埋在泥土裡。

這一腿動作麻利，乾脆俐落，十分好看，田尋驚得說不出話來，他怕地上那傢伙再爬起來，連忙跑去拉依凡。這時第三個傢伙卻從側面撲過來，惡狠狠地向依凡後腰扎去，依凡沒想到那傢伙居然能繞到後面去，在這緊要關頭，田尋一把用左手緊緊地攥住了刀身，同時用力上扳。鋒利的刀刃頓時割破了他的手掌，鮮血汩汩湧出。依凡見田尋受了傷，又急又怒，她「嘿」地輕咤一聲，身體向左急轉，同時左腿旋踢而出，正中那人的耳根，這傢伙只覺耳朵裡嗡嗡亂響，眼前一黑，就啥也不知道了。

這三腿踢倒了三人，也就是十秒鐘左右的工夫，田尋發現自己手裡還握著那把尖刀，連忙鬆手把刀扔在地上，這時才覺得左手掌火辣辣地疼，鮮血也滴滴答答往下淌。

依凡過來扶著他手腕問：「怎麼樣，疼嗎？」

田尋用驚奇地眼神看著她，搖了搖頭，卻說不出話來，依凡笑著說：「怎麼了，啞巴啦？」

頭一個被踢倒的那傢伙仰躺在地上，還在哼哼唧唧地呻吟，田尋說：「趕快叫人來幫忙！」

依凡說：「這附近是不是有個治安崗亭？你去報警，我在這兒看著他們！」

田尋剛要去，卻說：「不，妳去報警我在這兒。」依凡知道他是怕自己一個女孩會吃虧，衝他微微一笑說：「沒事的，笨蛋，這幾個傢伙哪能傷得了我？你快去吧！」

田尋手上雖疼，可心裡卻是甜甜的，說：「那妳小心點，我馬上就回來！」飛快地向治安崗亭那兒跑去。

這時，那狗啃泥的傢伙慢慢爬了起來，吐出嘴裡的泥土後，邊喘氣邊狠狠地瞪著依凡。依凡也不和他廢話，上去又是一腳，把那傢伙踢了個四腳朝天，這才徹底老實。

幾分鐘之後，田尋和四個治安警察跑了過來，幾名員警一看，三個男人以不同的姿勢躺在地上，身旁還有刀，旁邊笑吟吟地站著一個漂亮女孩，田尋說：「員警同志，就是這三個人持刀行凶！」

員警一邊將三人銬起，一邊問：「是你打倒他們的？」

田尋說：「不不，是她……」

依凡接口說：「員警同志，是我們倆一起打倒他們的。」

那三個傢伙不甘心被抓，嘴裡還罵罵咧咧個不停，被一名員警喝止住，警員讚嘆地對田尋說：「你們小倆口真行，肯定是練過武術吧？」

第七章　情竇初開

依凡臉「騰」地紅了，田尋忙說：「是她練過武術，我……我倒沒有。」員警用對講機喚來一輛警車，三個傢伙和田尋、依凡都上了車，來到派出所。

先有警醫給田尋包紮了左手的傷口，還好傷得不深，只有兩道淺淺的割痕，也沒傷到筋骨，上過藥後也就不太疼了。接著開始做筆錄，員警讓兩人出示身分證好做登記備案。依凡從包裡取出身分證，田尋說：「我沒帶證件，就算了吧，反正我們也不是壞人。」

旁邊一名領導模樣的員警卻說：「那不行，你家在哪裡？我們辦案有規定，必須有當事人的身分證件，我們派車隨你去取吧！」

田尋一看，心說得了，跑也跑不了。於是慢吞吞地在身上摸了摸，假裝找到證件遞了上去。員警記錄完事後把證件還給田尋，依凡卻一把搶了過去，看見上面清清楚楚地寫著他的名字，朝他冷笑一聲，又還給他，田尋尷尬地接過，心說這下可露餡了。

過了一會兒，從檔案室那邊走來一名女警，對那領導說：「所長，剛才分局那邊發來傳真，說這三個人就是公安網上緝逃的第〇八二號逃犯，兩年前這三人在北京搶劫後就跑掉了，一直在逃！」

那所長聽了非常高興，握著田尋的手說：「你們小倆口可真厲害，不但抓到了壞人，還幫我們破了個大案，太感謝你們了！」

田尋和依凡對視一眼，也感到很意外。又過了一會兒，那女警讓田尋填了個表格，然後交給他一個紅包，說：「我們公安局有規定，要對協助破案的市民給予一定的獎勵，這是人民幣兩千元，你們收下吧！」

田尋一愣，客氣地說：「這多不好啊！」

依凡卻說：「給你就收下嘛，這也是我們應該做的，對不對所長同志？」

所長微笑著說：「你媳婦說的對，像你們這樣勇敢的市民可不多囉！你就收下吧。對了，需要我們派車送你們回家嗎？」

兩人連忙推辭，收下紅包後離開了派出所。

在路上，兩人半天都沒說話。田尋幾次想打破尷尬說點什麼，可一看依凡沉著臉，竟沒敢出口。過了好一會兒，還是依凡先開口：「手還疼嗎？」語調也是冷冰冰的。

田尋連忙裝出很痛苦的表情說：「疼，疼死了！」

依凡鼻中哼了一聲，說：「疼死你算了！」

田尋笑道：「那我是為了救妳而死，也值了！」

依凡忍不住笑了，她狠狠敲了田尋腦袋一下，罵道：「你們男人沒一個好東西，除了欺騙，就是說謊！」

田尋說：「我不是故意想騙妳的。」

依凡冷冷地說：「你就是《古國志》雜誌社的田尋編輯吧，《天國寶藏》是你寫的？」田尋知道瞞不住了，只得點頭承認。

依凡怒氣沖沖地說：「那你為什麼騙我？我大老遠地來瀋陽為什麼？又不是向你要債，你為什麼不敢承認？」

田尋說：「我這個人比較低調，不太喜歡張揚。」

依凡聽他這麼說，冷笑一聲沒說什麼。

過了一會兒，田尋說：「我陪妳去火車站吧。」

依凡說：「去火車站幹什麼？」

田尋奇道：「妳不是今晚回西安嗎？」

依凡把手抱在胸前，揚著下巴說：「我改主意了，今天不回去了！」

田尋說：「妳改主意也太快了，難道妳還要採訪我不成？」

依凡笑著說：「算你聰明！誰叫我們這麼巧碰上了呢？」

田尋幾乎是哀求地說：「能不能不採訪我？我告訴妳實話吧，妳來瀋陽的頭一天，我就被主編給開除了，就是因為這《天國寶藏》的小說連載。」

依凡聽了後大惑不解：「因為小說被開除？那是為什麼？」

田尋說：「因為我拒絕在本月的雜誌上繼續連載。」

依凡更奇怪了：「那你為什麼不連載了？」

田尋說：「妳還是別問了，我不想回答。」

依凡停下，看著田尋說：「我一定要知道，而且是必須知道，如果你不告訴我，我就不會離開瀋陽，直到你告訴我為止，知道嗎？」

田尋有點煩躁，略帶怒氣地說：「我沒有義務對妳講！」

依凡也不生氣，反倒笑了：「說得好！那我們就比一比，看誰更有耐性，我這個人你不了解吧？如果不達目的，是絕不回頭的！不信你就試試看好了！」

田尋生氣地說：「我有不讓妳採訪的權利！憑什麼纏住我不放？」

依凡哼了一聲說：「也不知道是誰在超市裡暗中跟蹤我、注意我，這麼快就倒打一耙了！」

田尋頓時語塞，他長嘆一聲，繼續向前走路。

依凡見他這麼為難，伸手挎著他的胳膊，輕聲說：「我知道你有難處，可我也有我的任務呀！再說你也是為我而受的傷，我哪能這麼就走了？你看這樣好不好，明天下午你到我酒店的房間，咱們坐下來好好聊聊天，到時候你再決定對不對我講，行嗎？」田尋看了她一眼，沒有回答。依凡笑著說：「你不用現在就回答我，我就住在如家酒店六〇四房間，明天下午兩點鐘。」田尋不置可否。依凡說：「你不說話就是同意了！我現在先送你這個傷患回家！」

田尋忙說：「不用不用，還是我自己回去的好。」

依凡說：「嘻嘻，那我也就不勉強你了哦！我先回酒店了，明天下午見！」說完她從岔路向左，順斑馬線向東走了。田尋看著她性感的背影，小聲罵道：你這個廢物，怎麼對美女沒有半點免疫力？忽然，他腦海裡又浮現出林小培的身影，林小培是刁蠻可愛、胸無城府，而趙依凡卻是成熟性感、俐落大方，兩個女人真是完全不同的兩種性格。可林小培畢竟是林教授的女兒，那林教授家資巨富，她的女兒又怎麼能和我這個普通得不能再普通的窮小子走在一起？

他不由得又想起和林小培初見的情景，她的刁蠻任性，她的一顰一笑，再一次浮現在腦海裡。

回到家後，父親已經醒了。媽媽看見田尋手上包著紗布忙問怎麼回事，田尋說是被商場的自動門給擠的，搪塞了過去。

第二天下午兩點，田尋心情複雜地來到如家酒店六〇四房間，抬手要敲門時又猶豫了，心想我現在後悔還來得及，大不了把手機號碼換掉，她也不可能找到我的家，過幾天她一死心，也就回西安去了。正想到這裡，房間的門卻開了條縫，還沒等田尋反應過來，從門縫裡伸出一隻手，把田尋拉了進去，他還沒站穩腳跟，依凡已經把門關上了。

兩個人離得很近，幾乎能感覺到對方呼吸的溫度。依凡的頭髮散在頸中，臉上也沒有化妝，好像剛剛洗過澡，田尋嗅到她身上幽幽的香水味道，是那種讓人有點眩暈的、說不出的香味，很玄很奇怪，也很熟悉。

田尋的眼睛和她對視了一分鐘，悄悄往下打量了一下，見依凡換了件白色寬鬆的T恤，雖然沒有昨天穿的那樣貼身，但她那豐滿的胸脯還是驕傲地聳立著。下面是一條還不到膝蓋的黑色緊身健美褲，絲絲亮亮的，很性感的那種，渾圓的臀部、蠻腰和大腿顯露無遺，腳上穿著拖鞋，儼然一副純情小女生的嬌俏模樣。田尋動了一下嘴唇，欲言又止。

依凡看著田尋，說：「想說什麼？」

第七章　情竇初開

田尋說：「什麼香水？」

依凡笑了，說：「迪奧的『溫柔毒藥』，用來對付你再合適不過了，對嗎？」

田尋也笑了，說：「依凡，妳今天真性感。」

依凡的眼神矇矓，帶著笑容膩聲說：「你已經對我說過好幾次了，太直接了吧？」

田尋不禁伸手摟過她的腰身，說：「我就是這麼直接的人，總好過那些嘴上不說，卻心裡瞎想的偽君子吧？」

依凡咯咯地笑了，刮了他鼻子一下說：「你是真君子，是個風流而不下流的君子好了吧？」

田尋看著她迷人的笑容，再也忍不住就要吻她的嘴，依凡輕輕推開他，轉身向廳裡走，邊走邊說：「我特別為你買了瓶紅酒哦，不知道你喜不喜歡。」

田尋深吸口氣，平緩了下心情來到廳中，見桌上擺著一瓶紅酒，另外還有兩份三明治、一客牛排，還有兩盒哈根達斯霜淇淋。依凡起開紅酒倒了兩杯，兩人面對面坐下，依凡舉起杯，溫柔地看著田尋說：「來，為我倆的緣分乾杯。」田尋喝了一小口，酒還沒進到胃裡，人卻已似微醺薄醉。

依凡也喝了一小口，放下酒杯說：「不知道你喜不喜歡這個牌子的，我就挑了瓶我喜歡的，吃的東西也簡單了點，你別見怪。」

田尋已經陶醉在這溫馨又浪漫的氣氛當中，連忙說：「喜歡，什麼都喜歡。」

依凡拿起刀叉切了塊牛排，放在田尋身前的盤中，田尋說：「我很少吃西餐，也用不慣這些刀叉，妳不要笑話我。」

依凡笑了，說：「牛排是八分熟的，我本來想要五分熟的，可怕你吃不慣。早知道你用不慣刀叉，我就要一副筷子給你好了，用筷子吃牛排，倒也有意思！」兩人都笑了。

兩人邊吃邊聊，不一會兒依凡的臉上泛起了微紅，田尋看著面若桃花的她，說：「依凡，妳現在更美了，更有女人魅力。」

依凡用手拄著腮邊，杏眼含情地說：「只可惜少了一樣東西。」

田尋問：「少了什麼？」

依凡說：「笨蛋，沒有音樂呀！」

田尋「哦」了一聲，說：「對對對！美酒、佳人，再加上愛芙麗爾的左岸咖啡情歌，就更完美了！」

依凡將頭枕在臂彎，吃吃地笑著。

田尋見她如此媚態，壯著膽子問：「親愛的，妳有男朋友嗎？」

第七章　情竇初開

依凡俏臉一板，說：「怎麼又問起這個來了？你忘了，昨天你問我的時候不就引來壞人了嗎？說明這個問題不適合你問。」

田尋又碰了壁，沮喪地垂下頭不再吭聲。依凡看著他這副模樣，又忍不住笑了，說：「你這個大笨蛋！我問你：你喜歡我嗎？」

田尋沒想到她會這麼問，想了想說：「喜歡。妳這樣的女孩哪個男人會不動心？」

依凡說：「可你只是喜歡我的臉蛋和身材，我說的對嗎？」

田尋連忙搖頭：「絕不全是。妳性格直率，又有愛心和正義感，現在這社會，這樣的女孩真不多了。」

依凡白了他一眼，不以為然地說：「就會奉承，我才不信你的鬼話。」

田尋急了，說：「我說的是真的，沒必要騙妳！」

依凡笑著說：「好啦好啦，相信你就是了，看把你急的！其實你人也不錯，會關心人，有紳士風度，最重要的是：風流而不下流，哈哈哈！」

田尋知道她是笑話剛才想吻她的舉動，尷尬地笑笑，喝了口酒。

依凡說：「是真的，昨天下午在故宮外面，你看到壞人時首先擋在我身前，後來又用手去抓那刀，對了，現在還疼嗎？」

田尋一本正經地說：「原本是很疼，可一看見妳就不疼了，妳說怪不怪？」

依凡咯咯嬌笑，說：「《紅樓夢》看多了吧，我可不是你的林妹妹。」

田尋也切了塊牛排遞給依凡，問：「對了，妳怎麼會這麼厲害的武術？」

依凡說：「你可別小看我，我學過六年的空手道，還獲得過西安市業餘女子空手道第一名呢！」

田尋吐了吐舌頭：「幸好我沒惹妳，否則有我的苦頭吃了。」

依凡說：「算你識相，可別犯在我手裡哦！」

田尋說：「看妳說的，口氣像員警審犯人似的。」

依凡聽了一愣。

田尋又說：「對了，妳在《西安日報》工作多久了？」

依凡說：「才兩個月而已，去《西安日報》社是為了體驗生活，積累經驗，所以我更要抓緊工作哦，你可得配合我，否則的話別怪我拳頭無情！」

田尋笑著說：「能挨親愛的依凡的拳頭，那也是一種福分。」

依凡笑罵道：「賤男人！」

田尋涎著臉笑說：「男人不賤，女人不愛嘛。」

依凡板起了臉，似乎不太喜歡聽。田尋見她不悅，連忙岔開話題：「妳的家人都在西安嗎？」

依凡喝了口紅酒，說：「我沒有家人。」

田尋一愣，說：「什麼，沒有家人？」

依凡淡淡地說：「我生在湖州，剛出生我媽媽就難產死了，我兩歲那年，爸爸半夜把我扔到孤兒院大門口就走了。我在孤兒院上的小學和高中，等到十六歲時就出來打工，後來去西安邊工作，邊讀大學，因為我在大學畢業考試得了第一名，被保送到日本築波大學讀新聞傳媒。之後，又在日本工作了三年，前年才回的國，一直在做公務員，可我不喜歡平淡的生活，於是我辭了職，到《西安日報》做記者。」

田尋十分驚訝，又問：「公務員不做去當記者？妳太有魄力了！那妳還有別的親戚嗎？」

依凡搖搖頭：「爸爸離我而去時什麼都沒留下，孤兒院的工作人員也只調查到我父親姓趙，至於我家族還有什麼親屬，誰也不知道，我在這世界上成了沒人要的孩子。」她的眼睛裡閃過一絲悲傷，可這悲傷卻又很淡，似乎已經隨著年齡的增長而流逝。

聽了依凡這番話，田尋感慨萬分，他沒想到如此漂亮大方的女孩，竟還有這麼一段人生故事，他嘆了口氣，說：「我原以為妳應該有一個幸福的家庭的，沒想到是這樣，唉……不過，妳也快結婚了吧？自己建立一個幸福美滿的家，那該多好啊！」

依凡說：「和誰結婚啊？我還沒男朋友呢！」

田尋奇道：「昨天妳不是說有男友的嗎？」

依凡笑了：「騙你的，這也信！」

田尋一心想逗她開心，於是說：「都說女人喜歡說反話，看來是對的。」

依凡果然被逗笑了，說：「你的嘴真甜，看來你應該挺有女人緣的。」

田尋說：「可惜有女人緣，沒女人愛。」

依凡說：「誰說的，也許我會愛上你呢？」

田尋搖搖頭：「我配不上妳。像妳這麼好的女孩，應該找一個各方面都非常優秀的男人，那才相配。」

依凡說：「你把我說得這麼好，可我覺得自己就是個很普通的女人。」

田尋說：「妳要是算普通，那世上就沒優秀女人了。」

依凡嬌笑著說：「你總是說我漂亮、性感，到底是哪裡性感？我想知道。」

她這麼直白地開問，田尋倒不知怎麼說了，只是傻笑著不答。依凡見他尷尬，自己也有點不好意思了，忽然她說：「對了，我們還有正事沒辦呢，你到底接不接受我的專訪？」

田尋沮喪地說：「我還沒想好。」

第八章　意外火災

依凡站起來走到他身邊，雙手叉腰說：「哼，等你想好，恐怕我都變成老太太了！」

田尋笑著說：「沒那麼嚴重吧？」說完摟著她的腰將她抱近自己身前。依凡那飽滿的胸脯就在眼前，田尋不由得呼吸急促，心跳也變快了許多。

依凡看見他臉色潮紅，知道他心裡又動了歪念頭，連忙推開他，後退幾步坐在床上，正色說：「我不和你說笑，我要你現在就接受我的專訪。」說完，她從床上拿過筆記本電腦，打開了電源。

田尋想了想說：「專訪可以，但不能見報。」

依凡氣得夠嗆：「不見報，那我還採訪你幹什麼？」

田尋站起來，在地上走來走去，心裡反覆在考慮，雖然離開了雜誌社，但主編那個傢伙又請了槍手代寫，搞不好會一直寫下去，自己答應王全喜不繼續連載就等於白費，也不知道那幫人還會做出什麼事來。採訪就採訪吧！反正全國的報紙又不光他們一家報導過這件事。

想到這裡，他也坐在床上說：「那我們現在開始吧！」

依凡很高興，說：「怎麼又想通啦？這還差不多，採訪過後我要好好謝你呢！」

田尋苦笑著說：「我也有不得已的苦衷，好了，妳問吧！」

依凡將電腦放在膝上，邊採訪邊打字。

她先問了田尋是怎麼想起寫這部小說的，為什麼寫得這麼生動，好像親身去過湖州毗山似的。而田尋則採取避實就虛的基本原則，堅決不透露自己曾經去過湖州的半點口風，依凡無數次旁敲側擊，套田尋的話，但田尋昨晚半宿沒睡好覺，早就在心裡打好了腹稿，當然也沒提林教授和王全喜他們。

一轉眼半個多小時過去了，依凡顯得很滿意，可臉上仍有一絲失望的神色。她說：「你知道嗎？你的小說在湖州很轟動，尤其是毗山慈雲寺，這半年幾乎都被人給踩平了，後來市局派了員警守衛才好些。」

田尋說：「連員警都驚動了？」

依凡說：「當然了，李局派了四個人去呢！」

田尋問；「什麼李局？」

依凡說：「哦，就是湖州市公安局的李副局長。對了，後來你為什麼被開除了？」

第八章　意外火災

田尋說：「是因為我拒絕繼續連載這部小說。」
依凡眼珠轉了轉，壞笑著說：「我猜一定是你想加薪，對吧？」
田尋無奈地笑著說：「所有人都這麼想，但並不是那麼回事。」
依凡說：「哦？那又是因為什麼？」
田尋說：「我不想談這個問題。」
依凡嗔道：「你都答應人家配合採訪了，怎麼還不完全合作嘛？」
田尋搖搖頭：「我說過不能告訴妳，妳別問了。」
依凡見他臉色凝重，只好把話咽進了肚子裡。
田尋一頭躺在床上，伸個懶腰說：「怎麼樣，採訪可以結束了吧？」
依凡吐了口氣，闔上筆記本電腦，也躺在床上說：「差不多了吧，你不再連載小說，對雜誌社損失也很大，那個主編以後就知道損失了。」
田尋說：「我雖然不再連載小說，但小說還是會繼續刊登的。」
依凡一下子坐了起來：「什麼意思，我怎麼聽不懂？」
田尋說：「那主編找了個槍手代寫，以後的內容就不是我寫的了。」
依凡眨了眨眼睛，想了想說：「原來是這樣……」
田尋說：「妳還想了解什麼？」

依凡笑著說：「今天沒有啦！如果有什麼問題，明天我再問你！」
田尋說：「我又不是妳的下屬，憑什麼讓妳天天呼來喚去的？還有，妳真不回西安了？」
依凡說：「幹嘛？你開始討厭我了，想趕我走？」
田尋說：「不敢不敢。只是隨便問問。」
依凡說：「我決定了，我準備在瀋陽再待幾天，這幾天你多陪陪我吧，好嗎？」
田尋說：「樂意奉陪。」
依凡說：「說得好聽，看你的表情分明是口不對心。」
田尋見她歪坐在床上，健美的大腿緊繃在黑色健美短褲中，十分性感，於是他大膽的把頭輕輕枕在她腿上。
依凡有些不高興：「你太過分了，躺過去點。」
田尋索性閉上眼睛：「剛才妳說過，採訪之後要好好謝我，現在怎麼食言了。」
依凡奇怪地說：「我怎麼會食言？」
田尋笑了：「那妳就讓我躺一會兒，就當是謝我了，好嗎？」
依凡嘆口氣：「真拿你沒辦法。那就老老實實地躺著，不准亂動。」
田尋高興地「嗯」一聲，充分享受著那富有彈性美腿的感覺。依凡也慢慢躺下，

第八章　意外火災

雙手枕在腦後，說：「你也老大不小了，為什麼也不結婚？」

田尋說：「我以前有個女朋友，我很愛她，還把我的一所房子讓給她住。後來她和另一個男人在我的房子裡偷偷鬼混，於是我們就分手了。」

依凡心中一動，這麼嚴重的事在他口中說出來卻是語調平淡，好像在說別人的故事一樣，顯然這件事已經過去多年，但已經將他的心給傷透了。她側頭看了看田尋，卻見他說這話時閉著眼睛、表情平靜，宛似渾不在意。依凡換了個姿勢，支起右手枕著頭，左手輕輕去揪田尋的頭髮，邊揪邊說：「沒想到田大編輯也有傷心的過去哦，沒關係，世上好女人有的是，換一個就是了唄！」

田尋笑著說：「可惜好女人都不喜歡我，怎麼辦？」

依凡說：「不會的，只是緣分還沒到。」

又聊了一會兒，依凡打了個呵欠，說：「我想睡一會兒。」

田尋心想，這麼快就下逐客令了，但也不好說什麼，於是他站起來準備告辭。依凡將他送到門口，說：「我想在瀋陽多待幾天，你好好陪陪我，明天上午再來找我吧，我還有些問題想再問你。」

田尋巴不得天天陪著她，連忙應承下來，臨走時，田尋看看左右無人，說：「吻別怎麼樣？」

鼻子。

依凡嘻嘻一笑，田尋大喜過望，以為有門，可依凡猛地把門一關，差點撞到他的鼻子。

此後一連三天，田尋每天都去賓館找依凡，她每天都會刨根究底地問一些關於他寫小說的事情，再就是聊天、吃飯、逛街，兩人倒成了情人似的，但田尋不是笨蛋，他清楚依凡遲遲不回西安，是因為還沒從他嘴裡摳出更有價值的新聞，還不甘心打道回府，但他已經被這個漂亮性感的女記者迷住了，只要能和她多待一分鐘，少活兩分鐘都行。

這天晚上，田尋剛要睡覺，收到了一條手機信息，一看卻是嚴小波的。自從離開《古國志》雜誌社後，田尋就和原先那幾名同事沒了什麼聯繫，離職那天的怒氣早就沒有了，原因並不是田尋沒心沒肺，而是他反倒覺得這幾個同事也有懷疑自己的道理，小說連載得好好的，說擱挑子就不想幹了，除了私利之外，一切說法都不太通，更何況自己連個像樣的說法都沒有，可現在又收到嚴小波的信息，令他有些意外。

而信息的內容更意外：「老田，我們出版社昨晚深夜被人縱火了，整個大樓十幾層誰家也沒著，就我們社五個辦公室著火了，幾乎燒毀了一切東西，還好沒人在。」

田尋心裡一緊，他隱約感到這火著得不平常。

接著麻煩事來了，第二天上午，當地派出所的員警找到田尋，並帶到了所裡進行問話，內容是有人報警懷疑田尋因公洩私憤，在原工作單位縱火。這派出所田尋並不陌生，四天前他和依凡還在這裡領過兩千元的抓賊獎金。那副所長剛巧也在，見那個主編指認的嫌疑人居然是田尋，也是相當吃驚。而在問話當中，田尋當然沒承認這事，而且也搬出了證據來證明前天晚上一直在家睡覺來著。

員警傳喚了田尋的鄰居、社區的門衛、社區的大媽，都證明田尋沒有撒謊。而員警們也相信像田尋這樣有能力的年輕人，沒必要為了一個工作敢去犯罪，就算他想縱火報仇，也不會笨到今天被開除、明天就放火。臨把田尋送出去之前，副所長依然程序性的告誡田尋，要做守法良民，一旦發現可疑人或事要馬上報告。

這下田尋算是把主編給恨透了，但他心裡知道這火八成是王全喜指使人縱的，說實話這群人的消息真靈通，顯然是知道了自己已經被開除，小說也由槍手代寫，再強逼自己也沒什麼用，於是就將矛頭對準了出版社，不過他們的膽也夠大的，什麼事都敢幹，這樣一來，田尋心裡就更沒底了，不知道以後還會有什麼更麻煩的事出現。

第二天下午，他和依凡剛在外面吃過午飯，正躺在床上百無聊賴地聊天，田尋依然躺在她腿上，享受著那富有彈性的健美大腿，然後有一搭無一搭的和依凡扯閒皮。

大約三點鐘左右，他提出要回家，因為四點鐘家裡會有護士來給父親打點滴，他得回去幫幫忙。依凡也沒留他，說她正好想洗個澡。於是田尋起身整整衣服要走。

經過幾天的接觸，兩人已經熟悉了很多，而且田尋對依凡還算有禮貌，並無越界的舉動，所以依凡對他比較放心，自己自顧走進浴室放水，讓田尋自己出屋。

田尋看著依凡進了浴室，不知怎的，忽然有了一個非常大膽的主意，他打開房門，卻並沒有出去，而是又關上了門，而且是很大聲地關門。然後他躡手躡腳地折回來打開牆上的壁櫃。壁櫃共分左右兩個，左面櫃子裡有幾件依凡平時穿的衣服，右面的則空著，當然了，一個公出的人能有多少衣服，當然不能裝滿兩大櫃子了，田尋一頭鑽進櫃子裡，又輕輕掩上櫃門。

他心裡一邊竊笑，一邊緊張，這簡直是天意！和依凡幾天的接觸，自己已經開始被她迷住，雖然沒有過格的舉動，但並不代表他不想，男人對漂亮的女人天生就沒有抵抗力，更何況田尋也屬於風流一類的男人。他想躲在衣櫃裡偷看依凡換衣服，這主意事先並沒有預謀，而是當依凡說她「正好想洗個澡」之後現想出來的，當然他不能永遠待在櫃子裡，看過之後，就趁她洗澡之時，再偷偷溜掉。而且這個空櫃子裡沒有衣服，所有的衣服都在左面櫃子裡，也就不怕依凡找衣服時，會發現他躲在右櫃中。

當然這畢竟不是什麼好事，田尋心裡怦怦亂跳，但還是充滿了期望。果然，依凡

第八章　意外火災

放好水後就進了屋，先打開左櫃取出幾件待會兒要換的衣物，然後站在床前開始脫衣服。田尋透過櫃門那細細的縫向外看，大氣也不敢喘一口，心中暗想：這幸好不是在武俠小說的世界裡，否則像依凡這樣的女俠一定會聽出別人細微的呼吸聲，她自然就大喝一聲：「哪裡來的毛賊，還不快給我滾將出來！」那可就完了。

只見依凡先脫掉T恤衫，露出裡面的黑色吊帶蕾絲胸罩，這胸罩很薄、也很窄，樣式十分性感，她那豐滿的乳房幾乎有一半露在罩杯之外，簡直是勾人鼻血，隨後她又解開胸罩，整個胸部一覽無遺。接著她又脫掉裙子和性感的黑色高腰蕾絲無痕內褲，看來她對內衣很講究，應該是國外的名牌產品，不是「安莉芳」，也得是「黛安芬」，搞不好還有可能是「維多利亞的祕密」……

田尋還在胡思亂想，依凡卻在不到半分鐘時間裡脫光了所有的衣服，一副美妙的裸體就呈現在田尋眼前。她胴體結實健美，身上皮膚光滑得好像牛奶一般，只看得田尋心潮澎湃、嗓子發乾，幾乎就想推開櫃門，跪倒在她腿前山呼女王萬歲。

這時電話響了，依凡光著身子走到床頭櫃處拿起手機接電話。

田尋心想，可能是她的報社打來的吧？眼睛卻始終不曾從她的胴體上移開。

依凡邊打電話邊往窗外看：「是我……還是老樣子，沒什麼進展。他告訴我的東西都沒什麼價值，唉……這件事現在還不能肯定，等我再問問吧。另外我接到消息，他以前工作過的那個《古國志》雜誌社被人惡意縱火……這還不清楚……他對我的印象還不錯，呵呵……我當然不會讓他占便宜了！我有那麼笨嗎？好了，社長再見！」

田尋心想：是她的報社打的電話，她沒從我這得到有價值的消息，看來暫時還不會離開瀋陽。正想著，卻從門縫裡看見依凡用浴巾裹住身子，慢慢走到他藏身的衣櫃門前，忽然伸手猛地把櫃門打開。田尋猝不及防，一下從櫃子裡咕碌出來，差點跪在地上。

依凡臉色鐵青，眼睛直瞪著田尋，也不說話。田尋尷尬無比，他慢慢站起來，想解釋卻又不知道說些什麼，他知道她雖是女性，卻有著不輸男人的厲害身手，現在最怕的就是她大怒之下，把自己踢個骨斷筋折……

田尋想了半天，戰戰兢兢地蹦出一句：「別……別把我打骨折，行嗎？」

依凡很意外他的話，不禁問：「為什麼？」語調仍十分嚴厲。

田尋苦著臉說：「我爸爸還臥病在床，我要是骨折了，就沒法照顧他了，妳要打就給我來點皮外傷吧，行不行？」

這話令依凡很是意外，但還是厲聲問道：「你為什麼躲在衣櫃裡，快說！」

田尋只得說實話：「我……我就是想看看妳的身材，妳太美了……」

依凡的臉色由青轉白，又從白到紅，最後慢慢轉回身去坐在床上，突然趴在床上，嗚嗚哭了起來。

這下該輪到田尋意外了，他已經做好了挨打的準備，卻沒想到依凡卻哭了，連忙走上去，說：「依凡，真的對不起，求妳原諒我好嗎？」

依凡一下子坐起來，臉上還帶著淚水，大聲說：「我的身體從八歲起就沒人看過，可現在卻……你這個混蛋！」說完上去就是一拳。她這拳出於憤怒，打得很是用力，正擊在田尋胸口上，田尋也沒敢躲，只覺得胸中一陣煩噁，嗓子眼發甜，「噗」地吐出半口鮮血，他捂著胸口，表情很是痛苦。

依凡關切地說：「你沒事吧？笨蛋，為什麼不躲開？」

田尋擦了擦嘴角的血，裝出嬉皮笑臉的樣子說：「沒事，只要妳能出氣就好。」

依凡知道他傷得不輕，心裡對他再也恨不起來，嘆了口氣說：「你真是我命中注定的掃帚星！」

田尋帶著歉意說：「依凡，我知道我這人很風流，可我一直把妳視為聖潔的化身，心裡絕對沒有任何齷齪的想法。我無法抗拒妳的魅力，妳要是還不解氣，就再打我一頓吧！」

依凡見他說得真誠，哪裡還生氣？她走到田尋身前，掏出雪白的手絹為他擦淨嘴角的血，溫柔地說：「你這個大笨蛋，下回我要是再打你，記得躲啊！」

田尋嬉笑著說：「我是不會躲的，妳打我一下，我就親妳一口，這樣就扯平了，怎麼樣？」

依凡怒道：「想得美，我看你還是想挨揍！」就完伸手欲打，田尋抓住她的手，順勢把她摟在懷中就要吻，結果又重重挨了一拳。

第九章　打劫

晚上六點半，西安西新莊別墅林之揚家。此時的林之揚正坐在沙發上看電視新聞，他的寶貝女兒林小培懶散地坐在旁邊。

林教授端起茶几上的茶杯，對林小培說：「小培，最近這幾天妳的花銷怎麼又大了？一個月花三萬塊，都幹什麼用了？」

林小培正在漫不經心地擺弄著手裡的最新款手機，隨口答道：「哦，也就是和朋友出去逛逛街、吃吃飯什麼的。」

林之揚喝了口茶，有些不高興：「吃什麼飯每月要花三萬塊？真是大手大腳！」

林小培也生氣了，氣鼓鼓地說：「你天天吃青菜豆腐，也逼著我吃素，我又不是和尚、尼姑，為什麼要跟著受那份罪？」

林之揚大怒，將茶杯重重墩在茶几上：「胡說八道！吃青菜豆腐就是受罪？我什麼時候讓妳當和尚、尼姑了？吃素對身體有好處，像妳二哥那樣整天大魚大肉的有什麼出息？人要懂得節約，知道嗎？從這個月開始我要控制妳的開銷，不許再亂花錢了，每月只給妳一萬塊錢零用！」

林小培站起來，委屈地說：「一萬塊，那夠幹什麼用啊？不行，我不幹！」

林之揚道：「妳真是被我給寵壞了！每月一萬塊錢還不夠用？妳天天開著車出去玩，光妳那部保時捷的汽油和保養錢就得好幾千，還不都是我給妳出？這次我不能再遷就妳了，給我乖乖回屋睡覺去！」

林小培氣哼哼地摔門而去。中年女保姆站在客廳的門口，手足無措地看著林小培從車庫裡將保時捷啟動，開出別墅院門揚長而去。

保姆關上大門回來，林之揚對她說：「不管她，由她去吧！這個丫頭是越來越不聽話了！」

保姆說：「老爺，要不先給小姐找個男朋友？也許能管得住她。」

林之揚餘怒未消：「男朋友？算了吧！她那個公主脾氣誰能受得了？兩個月前，有人介紹劉副市長的兒子給她，她只跟人家說了四句話就摔門走。後來我問她為什麼不同意，妳猜她說什麼：『那個高幹子弟連天上人間夜總會都沒去過，哪配做我的男朋友？』妳說這叫什麼邏輯？真是氣死我了！」

保姆笑著去做飯了。林教授心裡想：小培這孩子對那些高幹子弟、巨富公子都看不上眼，卻怎麼會偏偏喜歡田尋那個窮小子？真是想不通。

他起身走進屏風，穿過走廊盡頭，打開電動門來到辦公室裡。他坐在辦公桌上，

第九章　打劫

拿起桌上的一份《西安日報》，日期卻是半年多以前的，上面頭版頭條登著新聞，標題是：「湖州毗山慈雲寺驚現地下祭壇，住持老僧神祕失蹤，兩僧人死亡。」

再看內容：「近日浙江湖州市警方和湖州市文物局在湖州毗山慈雲寺發現了一個隱藏在寺院後殿裡的地下建築，裡面有十八層地獄像，還供奉有太平天國領導人洪秀全的雕像，另外在建築裡發現兩名寺中僧人的屍體，同時在慈雲寺中擔任住持的老僧人文空失蹤。據湖州警方透露，文空的失蹤很可能與兩名被害僧人有關。另外在過去的幾年裡，湖州警方也曾經接到過幾宗失蹤案，這幾宗失蹤案的受害人都與慈雲寺有間接關係，現在警方和文物局正在聯手立案偵查。」

林教授放下報紙，重重地哼了一聲，自言自語地說：「這個王全喜，想起來我就生氣！還說肯定不會被警方發現，白花了我幾十萬不說，連半點有價值的東西都沒得到，最後又惹來了員警和文物局，真是廢物到家！」

他邊喝茶邊想：「四個職業盜墓人都死了，一個從沒盜過墓的人卻能活著出來，真是出奇的怪事！看來那四個傢伙只不過是些泛泛之輩，並不是我想要的人才。奇的是那個田尋倒也有些本事，難怪小培喜歡他，這小子不搞文物生意真是可惜了……」

晚上十一點多鐘，別墅區開進一輛閃著紅燈的麵包車，麵包車拐了幾個彎後，緩緩在林教授別墅門口停住，車身上漆著顯眼的「電力搶修」四個大黑字，車頂安有伸縮梯，兩名身穿黃色工作服，頭戴黃色安全帽的工人下了車，手提大號工具箱按響門鈴。不多時，門被女傭打開，兩人走進屋內。

他們還沒站穩，林教授就從屏風後面走了出來，大聲呵斥：「你們是怎麼搞的？這幾天為什麼經常無故停電？氣死我了！」

兩名檢修工人一面打開工具箱，一面道歉：「林教授，實在對不起，可能是因為您家裡的進戶電纜接頭有些接觸不良，我們今天來就是徹底檢修的，用不了二十分鐘，保證今後再也不會出現同樣的問題！」

林教授聽後氣消了一大半，說：「那就快修吧！吳姐，妳帶他們去後廳修理。」兩人跟著女傭進了後廳。林教授坐在沙發上邊看電視，邊自言自語地說：「小培這孩子我是越來越管不動了，唉，要是她媽還活著該多好，除了她，小培真是誰的話也沒聽過。」

正嘆氣間，忽然電視「噗」地滅了，屋裡一片漆黑。林教授怒道：「又來了，今天要是再修不好，我就給西安電力局局長打電話，讓你們全都滾回家種地去！一群沒用的傢伙。」正罵著，恍惚看見其中一個穿黃工作服的工人從後廳走出來，他忙問：

第九章　打劫

「修得怎麼樣了？」

這人不搭話，卻徑直走到大門處按動門上的電子開關，大門被打開了，外面又進來三個同樣裝束的人，隨後關上大門。

林教授心中奇怪，問道：「很難修嗎，要這麼多人來？」話音剛落，一束極強的光柱打在林教授臉上，林教授只覺雙眼先白後疼，眼淚狂流，登時爆盲，啥也看不見了。

「別出聲，否則弄死你！」有人低喝一聲，緊跟著兩個人撲上來，將他捆了個結實，腰上還頂著個硬幫幫的東西，林教授被兩手反綁，眼前一片漆黑，不知道發生了什麼事，嚇得六神無主。

這時一個低沉的聲音在耳邊響起：「林教授，希望你合作點、別亂動，不然要你的命。」

林教授哆哆嗦嗦地說：「你們要……要什麼……別傷害我的性命，要錢我可以給你們……別……」

這人哈哈大笑：「沒錯，你最多的就是錢了，我就是要錢。」轉頭問道：「你們都查看了嗎？有沒有其他人？電纜切斷了沒有。」

另一人回答：「大哥，所有的房間，包括地下室都看過了，除了那個女傭和林教授沒有別人，車庫裡只有林教授自己的那輛賓士S600，他女兒的紅色保時捷和他二兒子的黑色蓮花都沒在，應該是出去玩了。整棟房子的所有電源也都切斷了。」

這人滿意地點點頭，說：「林教授，閒話少說，聽說你有很多珍貴的古玩，今晚我們就是想開開眼界，欣賞一下您的藏品，怎麼樣，給個面子吧？」

林教授雖然嚇得夠嗆，心裡倒也清楚，他知道自己富甲一方，難免會樹大招風，最明智的就是捨財保命，於是連忙道：「好好好，唔……這間客廳裡的博古架上有很多古玩，都是我花了十幾年的心血收集的，你們想要的話，就……就拿走，只要別傷害我就行……」

這人冷笑一聲：「算你識相！告訴你老林頭，我們盯你不是三兩天了，聽說你兩個月前又在香港太平山買了棟別墅，花了上千萬港幣，你他媽的還真有錢，不過那麼多錢都讓香港人賺去了，怎麼著也得照顧照顧大陸老鄉點啊，是不是？」

林教授點頭如搗蒜：「是，是，各位說的對，這客廳的古玩都是價值連城的真品，你們……你們隨便取……」

這人又笑了：「林教授，薑真是老的辣，你這客廳裡的東西雖好，卻抵不上你那藏起來的東西，就別和我玩心眼了，快帶我去書房！」

林教授一聽，心裡涼了半截，這群劫匪顯然對自己瞭若指掌，知道自己真正值錢的東西都在書房裡，可眼下卻沒有更好的辦法，只得勉強站起來，睜著流淚的眼睛，帶一干人等去書房。

來到書房的金屬門面前，這人喝道：「快打開門！」

林教授無奈地道：「整個別墅的電源都給切斷了，書房的門是電動門，沒電打不開。」

這人仰天一笑：「老林頭，你還蒙我？你這電動門用的是單獨地下發電機組，就算地震了也能用，我可告訴你，我的忍耐有限，把我逼急了先崩了你再說！快開門！」

林教授徹底絕望了，沒想到這群人連這點也知道得如此清楚，看來今日這些古玩是在劫難逃，他不敢抵抗，顫抖著用手按動電動門的指紋鎖打開門。

五個人進去三個，留兩個在別墅客廳裡把風。書房裡的兩人將林教授解開綁繩，又牢牢捆在辦公桌前的靠椅上，那被稱為大哥的人擰開牆上的電燈開關，滿屋古玩珍品頓時出現在眼前。三人流連在各種文物之前，就像到了博物館一般，不時嘖嘖稱讚。

一人道：「大哥你看這個瓷瓶，肯定是值錢貨！先帶上吧！」

另一人又插嘴：「大哥，這個玉璽肯定是好寶貝，我先拿下來了！」

那大哥說：「你們懂個屁？我讓你們拿什麼再拿什麼，現在你們就給我老老實實地過眼癮就行了。」林教授見他們像挑西瓜似地挑選自己幾十年的心血，心疼得不得了。可他兩手被牢牢地捆在靠椅背後，根本無法活動，又不敢大聲叫喊，一是怕這些人惱羞成怒對自己下毒手，再者外面鞭炮正響，就算喊破了嗓子恐也沒人聽見，只好任憑宰割，心裡只盼著他們得手後趕快離開。

那大哥脖子上有道疤痕，還缺了半邊眉毛，長相頗是兇惡。他在屋裡轉了幾圈，臉色逐漸陰沉下來，看了看林教授，想說什麼又沒說，抬腕再看看錶，又在書房裡搜索，他看見牆上有一幅董其昌的仕女圖，走過去仔細端詳了一會兒，抬手想揭開畫軸，卻不想畫軸是固定在牆上的，他用力一掰，下面的畫軸和牆體分開了，露出了一個嵌在牆上的金屬保險櫃，他臉上露出微笑，另兩人也湊了過來，好奇地問：「大哥，這裡還有暗門？肯定有好東西！」這大哥讓手下把林教授鬆開，帶到保險櫃前。

這人朝保險櫃一努嘴，向林教授道：「不用我多廢話了吧？快打開！」

林教授磕磕巴巴地說：「這裡……這裡沒有古玩，都是一些有價證券……認購證之類的東西，也沒有現金……」

這人不耐煩地打斷：「我知道裡面沒有古玩，也沒有錢，但我就是想欣賞一下裡面的東西，趕快打開！」

林教授又應付了幾句，這人嘆了口氣，對手下說：「那個女傭人呢？」
手下回答：「在後廳綁著。」
這人說：「去把她殺了，給他做個樣子看看，林大教授可能覺得我們不敢殺人。」那人應了一聲出了書房。不多時，聽得女傭隱約的聲音在大聲求饒，接著一聲槍響夾著慘叫，然後又是兩槍，再就聲息皆無。隨即手下人回來了，對大哥說：「人已經殺了。」
這人點了點頭，從腰間掏出一把手槍，將子彈上膛，槍口頂在林教授腦門上：「老頭，你再不打開保險櫃，那我就只有送你一程了。」
林教授心理最後的防線也崩潰了，雙腿一軟癱坐在地上，這人笑了笑：「別裝熊了，快開門！」林教授勉強爬起來，顫抖著先在保險櫃上的數位鍵盤撥了幾個號碼，又用大拇指在一個凹下去的圓片上一按，保險櫃「喀」的一聲彈開條縫。
這人搶上一步打開櫃門，裡面擺著嶄新整摞的無記名證券、銀行本票和股東憑證，還有幾個信封和一個小首飾盒，另有一只紅漆的大木盒子。這人取出木盒，迫不及待地打開，臉上露出滿意的笑容，將木盒合上收起，吩咐手下人將林教授帶出書房，關上書房門，又將林教授牢牢綁在自己臥室的床上，用膠帶封住了嘴，再恢復了別墅的電源，大搖大擺地走出門後，上了電力搶修車揚長而去。

次日上午，林教授躺在床上，旁邊圍了一大群人。一個長相英俊的中年男子坐在林教授身邊，正關切地問長問短，林教授則是滿臉怒容。

女兒林小培站在床頭，埋怨道：「二哥，都怪你，說好了回來陪爸爸吃飯卻不回來，要不就不會這樣了。」

中年男子回頭怒道：「什麼，怪我？妳晚上怎麼不回家？一個女孩家的成天在外面瘋玩，像什麼樣子？」

林小培哼了一聲，大聲說：「我一個女孩家，就算在家裡又能怎麼樣？還不是一樣任人擺佈？」

中年男子說：「那我就有用？人家手裡有槍啊大小姐！就算我有三頭六臂還不是白搭？」

林教授大怒，罵道：「你們兩個都給我閉了嘴！你們都沒用，就我這個老頭子有用，從今往後你們也不用回來了！滾得遠遠的，省得我看著你們煩！」

旁邊一個漂亮少婦連忙打圓場：「爸爸，你別太生氣了，這件事都怪我們做兒女的平日太忙，沒有顧得上回家，不過您身體沒有受傷，家裡損失也不大，也算是不幸中的大幸，以後我們多在家陪你老人家，保證不會再發生這種事了。」

這少婦說話很是得體，林教授怒氣消了許多，但還恨恨地說：「你們整晚都不回來，讓我在床上足足被捆了一夜！真是氣死我了！對了，吳姐怎麼樣了？」少婦說：「吳姐沒事，只是被那幫匪徒給打昏了，看來他們只是想劫財，並沒有傷人命的意思，匪徒開的幾槍都打在地板上。不過吳姐的神智現在還不大清醒，李大夫說要得一陣子才能恢復。」

林教授說：「振文，你一會兒打電話給吳姐的親戚，讓他們把人接走，不用回來了。再給她一筆錢，告訴她的親戚，昨晚的事就當沒發生過，讓她在家好好養病。明白嗎？」

中年男子會意地點點頭：「放心吧，爸爸，我明白你的意思。」

林教授說：「你們都出去，我有話要和振文說。」其餘人等不敢再留，都走出了臥室，只留二兒子林振文在屋裡。

林教授見左右無人，說：「振文，對這夥盜賊，開始我還真以為是衝著我們家的古玩來的，對我們家的內情也摸得一清二楚，我想大不了損失一些古玩，以後還可以再賺回來。可是沒想到，他們連我書房裡的暗櫃都找到了，唉。」

第十章　密謀

林振文問道：「爸，你那暗櫃裡不都是一些證券和銀行債券嗎？還有我媽生前用過的首飾，他們難道搶了那些首飾？」

林教授搖了搖頭：「他們要是真搶了那些，我倒還不在意。」

林振文說：「那他們搶了什麼去？」

林教授說：「你還記得，十三年前我從興平縣弄到的那只西漢天馬飛仙嗎？」

林振文說：「天馬飛仙？斷了蹄子沒有底座的那個？」

林教授點點頭：「沒錯，半年前，我從章晨光手裡用一百二十萬的價錢得到了它的底座，我已經仔細看過了，的確是一體的，真是機緣巧合啊，能讓我得到這東西。」

林振文想了想，說：「是很巧，不過，這充其量也就是一個西漢的文物，不過值個兩百來萬罷了，老爹你見過無數的寶貝，這件東西在你眼裡，應該算不上什麼。」

林教授警覺地看了看四周，壓低了聲音道：「你不知道。這天馬飛仙，如果是殘缺的，在我眼裡一文不值。可一旦配成了整體，嘿嘿，我家裡這全部文物，在它面前，都將不值一文，就算整個西安博物館的所有文物，也不及它價值的百分之一。」

林振文聞言，吃了一驚：「爸，你……你說的是真的？」

林教授說：「我什麼時候騙過你？你大哥是醫生，對我的文物生意毫無興趣，只有你才能繼承我的事業。振文，這天馬飛仙是非常重要的東西，你必須幫我把它給找回來。對於一個終生研究古玩的人，如果能真的得到它，找到它的價值，那將會是最大的滿足……」林教授說完，雙眼望著窗外，若有所思。

林振文大惑不解，他實在想不通，一件普通的西漢文物，竟會比全西安博物館裡所有的收藏品都值錢。他還想問什麼，林教授一擺手：「別問了，你現在要做的就是盡全力去找回天馬，放下手中所有的事情，如果找不到天馬，你也就不用考慮繼承我藏品的事了。」

林振文聽了一愣，為難地說：「老爹，這……這也太難為我了吧？我又不是員警，這件事情我們完全可以讓警方來處理，我多打點一些人，讓他們多派些警力去找，我想一定能找到的。」

林教授「哼」了一聲道：「笨蛋，你跟我學了這麼多年，還是這麼不開竅？要是報警有用，我還要你去找？記住，這件事絕對不能讓警方知道，這件天馬飛仙雖然不是很值錢，但是按國家對文物的劃分，它也屬於一級文物，私自買賣國家文物是要被罰沒的，我林之揚在西安也算有頭有臉的人物，文物局長也得給我三分面子，但俗話說：人言可畏，難免會傳到外面去，就算員警能幫我們找回天馬，這事一旦在媒體上曝了光，迫於輿論的壓力，我們也必須將天馬上交國家。你忘了去年那對子母宣德爐嗎？不知道被哪個混蛋記者給捅到《西安日報》上去了，一連報導三天，最後我不得不捐給咸陽博物館。」

林振文滿臉無奈，卻又不敢說什麼。

林教授又說：「其他東西我都不在意，多一件不多，少一件也不少，都無所謂。只是這天馬飛仙，絕對不能讓媒體知道，否則，以後的日子就難以安生了。」

林振文見父親如此堅決，也不好再多說什麼，他說：「爸，你放心吧，雖然我不知道這天馬究竟重要在何處，但既然您這麼看重，我會盡全力去找的。」

林教授說：「並不是我不告訴你它的重要性，只是還沒有到時機，但我可以跟你透露一些。這天馬飛仙關係到一筆無比巨大的財富，這些財富讓你想都想不出有多巨大。當然，想要得到那筆財富也是相當困難的，光有天馬肯定是遠遠不夠，還需要有精明的頭腦和豐富的經驗。去年四月，我曾經託人幫我找了幾個對盜墓比較有經驗的人，為了查驗這些人是否可用，就從我收藏的孤本文獻裡拿了一些資料給他們，讓他們去湖州毗山尋找太平天國洪秀全的陵墓。」

第十章　密謀

林振文忙問：「是嗎？那後來找到了嗎？我怎麼沒聽您提起過？」

林之揚說：「失敗的行動，告訴你也沒有用。找是找到了，但五個人死了四個，活下來的還是個普通的年輕人，之前連一座墓都沒盜過，是被他們矇騙拉去入夥，用來打頭陣、當炮灰的。」林振文奇道：「四個經驗豐富的死了，當替死鬼的卻活著，真是奇怪！」

林之揚說：「是很奇怪，這年輕人就是田尋。」

林振文說：「田尋？就是被小培看上的那個田尋？」

林之揚點點頭：「「我後悔當初不應該讓他來的，小培偏偏就喜歡他，真是氣死我了！」

林振文嘿嘿笑著說：「小培的眼光也真夠特別的，不過也沒什麼，現在連英國王室都能娶平民公主了，我們家找個窮小子也不是什麼稀奇事，只要他人才夠好就行嘛！」

林之揚說：「我們林家在西安可是有頭有臉的，怎麼能讓小培跟那種窮酸？這件事絕不可能！」

林振文說：「嘿嘿，女大不由爺，恐怕到時候你也管不了。對了，那四個人都是怎麼死的？」

林之揚說：「具體經過就不用說了，總之一句話：那四人不過是普通盜賊、泛泛之輩而已，根本不能委以重任，我們需要的是真正的複合型人才、精英中的精英，可惜這樣的人太難找了。」

林振文安慰說：「爸您別著急，有錢能使鬼推磨，人才是一定能找到的，現在的當務之急是我幫您找回天馬飛仙。」

林之揚點點頭，說：「這就對了。如果不是天馬被搶，我也應該離開這房子，去咸陽老宅住了。」

林振文詫異地問：「爹，這別墅住得好好的，幹什麼去老宅住？又陰冷又潮濕。」

林教授說：「我雖知道天馬的重要性，卻還沒有研究出個頭緒來，但我想憑我四十幾年對文物的經驗，在老宅裡無人打擾，靜心潛修，一定會發現它的祕密！可是現在……唉……」

林振文安慰道：「爸，你別太焦慮了，我現在就通知咱們那些眼線，讓他們全力注意天馬飛仙的下落，只要一有線索，我定會不惜代價把它奪回來！」

林教授滿意地點點頭。忽然，他又想起了些什麼，說：「對了，那個田尋你調查過嗎？」

第十章　密謀

林振文笑著說：「他是瀋陽人，只是個普普通通的雜誌社編輯，家庭情況一般，也沒有什麼背景，他性格比較內向，從小喜歡看書，知識懂得多一些，但大都沒什麼實務經驗，不過聽說他記憶力很強，而且為人不錯，頗有些正義感。小培真有意思，那麼多有錢的公子瞧都不瞧一眼，卻偏偏對這個田尋有好感，真是無法理解。」

林教授頗為憤怒：「你還覺得有意思？這小子那時找我質問，我答應給他二十萬，他都不要，真不懂他是怎麼想的！」

林振文說：「我猜想他可能是怕收了錢就被拖下水吧？我看小培對他也就是三分鐘熱血，她平時看慣了富家子弟，現在有了田尋這麼個有性格的窮小子，自然就有了新鮮感，這就像吃慣了大魚大肉，偶爾嚐到青菜的味道，就喜歡得不行，其實過不了幾天，還會覺得肉比青菜好吃。」

林教授斜目看著他，說：「你說得也有道理。不過我還是勸你，平時少吃肉、多吃素。」

林振文連忙賠笑點頭。

林教授說：「我有這麼個想法，你找到田尋，就說我家裡有文物失竊，竊賊很可能要把它賣到海外，想辦法叫他同意參與追寶，再讓他和眼線共同行動，慢慢拖他下水，這樣我們也就省心了。」

林振文說：「行，這事由我來辦吧！」

田尋看著電腦螢幕上的電子郵件，心裡七上八下地開始打鼓。他想：這個林教授家裡丟了文物，為什麼不報案，偏偏自己派人去找？可能是怕公安局動作太大，打草驚蛇？我一個普通老百姓，又不是偵探、員警，能幫上什麼忙？真是莫名其妙。

這時電話響了，原來是依凡找他聊天，他關上電腦出門，買了些水果來到如家酒店依凡的房間。依凡今天把長髮在腦後紮了個鬏，上穿件短袖純白襯衫，勾勒出她那健美的身形，下身是一條黑色時裝長褲，真是魅力四射，漂亮極了。

田尋讚美道：「依凡，妳真應該去做時裝模特兒，穿什麼衣服都好看！」

依凡嗔道：「就屬你嘴甜，吃了蜂蜜嗎？」

田尋將水果放在桌上，動手開始給鳳梨削皮。依凡說：「唉，我在瀋陽快半個月了，也該回去了。」田尋心裡有點矛盾，既捨不得離開她，又怕她沒完沒了地纏著自己。

依凡見田尋不說話，說：「我回西安之後，你會想我嗎？」

田尋有點不捨地說：「肯定會的，可是妳又不能總待在瀋陽，總有一天要回去。」

第十章　密謀

依凡也有點傷感，說：「是啊，天下沒有不散的筵席。好了，管它呢，現在我們不是還在一起嗎？」

田尋笑著說：「對啊，所以說我們還是要開心一點，來，吃塊鳳梨。」兩人邊吃邊聊。田尋說：「我有個女性朋友，她父親是西安著名的文物收藏家，近日她父親家裡有件文物失了竊，那文物很有價值，竊賊很可能會把文物帶到南方，並尋機賣到國外。她父親已經聯絡了全國各地的古玩朋友和一些私家偵探開始尋找，想讓我也參與幫忙，妳說我應不應該去？」

依凡正專心地吃著鳳梨，聽了田尋的話，她手裡的鳳梨頓時掉在桌上，連忙問：「真的假的？什麼時候的事？」

田尋說：「妳幹嘛這麼大反應？是昨晚通知我的。怎麼了？」

依凡問：「那文物收藏家是誰，叫什麼名字？」

田尋說：「他在西安很有名，妳也應該聽說過，叫林之揚。」

依凡哦了一聲，說：「林之揚啊，他太出名了，全西安誰不認識？他家的文物丟了為什麼不報案，卻自己動手找？」

田尋說：「他是怕公安局一旦在網上公佈通緝令後，那竊賊狗急跳牆，很可能會把文物儘快脫手，要是賣到國外那就不好辦了。所以他只好自己動用關係去找。」

依凡點點頭說：「也有道理。對了，你又怎麼會認識林之揚的？人家可是西安巨富啊！」

田尋笑著說：「我在西安出差的時候偶然碰到他女兒林小培，後來經她介紹才認識林之揚的。其實我們也不是太熟，只是那林教授見我對文物古玩方面有些見識，才想到了我吧！」

依凡說：「哦，原來你小子還有豔福呢！要是你能娶了他女兒就好了，你就是林家的上門女婿，幾輩子吃穿不愁，那該多好啊！」

田尋搖搖頭說：「林小培是富家千金，我怎麼可能和她在一起？我這個人很有自知之明，也不會去攀那個高枝。」

依凡笑著說：「是真心話嗎？不用對我說謊，我又不是你什麼人。」

田尋說：「我說的是真的，要是我真有那個心，早就留在西安追他女兒了，還回瀋陽上什麼班？」

依凡說：「也是，看來咱們的田大才子還真是風流不下流哦，我欣賞你！」

田尋笑了：「那妳幫我出出主意，我去還是不去？」

依凡說：「那你要去哪裡找文物，有線索嗎？」

田尋說：「他們請了兩名退役軍人到珠海尋找線索，讓我和他們同行。」

依凡說：「是這樣，我也說不好，我幫你參謀一下，明天你來找我，好嗎？」

兩人又聊了一會兒，田尋才回家陪父親去醫院做檢查。

第二天依凡約來田尋，對他說：「我昨晚幫你想了想，覺得你還是應該去幫林教授這個忙。」

田尋說：「妳也同意我去？可我並沒有幫他的義務啊！我既不是員警，又不是偵探，去了能幫什麼忙？那可是破案，搞不好還會遇到窮凶極惡的竊賊，我可不想冒那個險。」

依凡正色道：「這你就錯了。你不是在幫林教授，也不是幫他女兒，而是在幫國家，追回國家的文物我們每個公民都有責任，我想出力還沒人找我呢！既然你有這個能力，林教授又想讓你出份力，你就應該去，至於能不能幫上忙，那就沒辦法了。」

田尋面有難色，想了想說：「妳說得也有道理。可我父親現在身體還沒恢復，他需要人來照顧啊！」

依凡說：「這你不用擔心。我有兩個好姐妹在瀋陽，我已經和她們說過了，讓她們去你家幫你照顧你老爸，這樣行嗎？」

田尋有點驚奇地說：「妳都安排好了？看來妳比我還有興趣呢！」

依凡笑著說：「當然了，因為我也想和你一起去。」

田尋張大嘴愣住了。依凡見他的樣子，抓起一片鳳梨塞到他口裡，笑著說：「發什麼呆？不願意讓我陪你去嗎？」

田尋連忙說：「願意，當然願意！只是……只是妳還要回西安報社，工作的事怎麼辦？有危險怎麼辦？」

依凡說：「報社我已經請好假了，一個月，夠用了吧？至於危險你不要擔心，我相信以我的身手，還沒人敢把我怎麼樣。」

田尋想了半天，堅定地說：「那好吧，我們就去一趟！到時候就算有危險我也會全力保護妳的！妳放心。」

依凡咯咯嬌笑：「你這個大笨蛋，除了偷看女孩洗澡還會什麼？不讓我保護你就行了！」

田尋被搶白得臉一陣紅一陣白，說不出話來。依凡見他尷尬，連忙走到他身邊說：「別介意，是我說錯了。你是好男人，當然會保護我了，有你在我身邊，我什麼都不怕。」

田尋笑了，拉著她的手說：「親愛的，我也是。」

第十章　密謀

兩天之後。

田尋和依凡兩人在西安咸陽國際機場下了飛機，早有林家人派的賓士汽車在出口等候，將兩人帶到新西莊別墅。到了林教授家，賓主分別坐定，女傭泡好了正宗的普洱茶，開始聊天。林之揚見田尋還帶了個漂亮的女孩，以為是他女朋友，感到有些意外，笑著問道：「小田，這位漂亮的姑娘是？」

田尋剛要說話，依凡搶著說：「林教授你好，我叫趙依凡，是《西安日報》的記者，田尋的朋友，這次我想和田尋一起來幫林教授的忙，可以嗎？」

林之揚見這女孩漂亮爽利、落落大方，先有了幾分喜歡，但見田尋不打招呼就帶人來，而且還告訴她文物失竊的事，心中又有幾分不快，暗想：這件事知道的人越多，對我越不利，不知道這件事他還對誰說起過，於是問：「哦，這件事我不希望太過張揚，小田你還對誰提起過嗎？」

田尋說：「除了我和依凡，沒有第三個人知道，連我的爸媽也不知情，請林教授放心好了。」林之揚點點頭，心裡稍微放鬆了些。

自打半年多前湖州毗山那件事發生之後，田尋對林之揚一直頗為怨恨，這次如果不是依凡力勸，他肯定不會來西安幫林之揚追什麼盜寶賊，所以他也不怎麼主動說話，倒是依凡好奇心很強，和林教授談得十分熱鬧。

第十一章　惹禍上身

這時聽見有人按門鈴，女傭打開門，只聽高跟鞋聲聲，一個女孩輕盈地走進來，邊走邊說：「好熱好熱！陳姐快幫我放好水，我要洗個澡！」

林之揚見是林小培回來，連忙說：「小培，妳看是誰來了？」

林小培說：「又是你那些搞古玩的朋友？爸，我要先洗個澡，一會兒再說吧！」

田尋說：「林小姐，妳好像又瘦了。」

林小培猛地站住，這才看見客廳中除了她老爹，還有田尋和另外一個女孩，她欣喜地跑過去，拉著田尋的手，嘰嘰喳喳地說：「你什麼時候來的呀？太好了！為什麼不先告訴我？」

林之揚看到小培對田尋的態度，心裡是又生氣又無奈，暗想：這小子究竟有什麼魔力，會讓刁蠻得讓人頭疼的女兒對他如此溫柔體貼。

田尋笑著說：「我這不是想給妳個驚喜嘛，妳沒把我給忘了吧？我叫什麼名字？」

幾人都笑了。

第十一章　惹禍上身

林小培捶了他一拳，生氣地說：「我才沒呢，你半年多也不來看我，我一個人好沒意思。」

田尋說：「怎麼是一個人？有林伯父，還有妳二哥、二嫂陪妳呢！」

林小培哼了聲：「他們？他們就知道忙自己的事情，哪有時間理我？」

這時，依凡對田尋說：「田尋，給我介紹一下好嗎？」

田尋說：「林小姐，這位是趙依凡，也是我的朋友。」

林小培這才看到依凡和田尋坐得很近，她臉上頓時變色，「霍」地站起來，怒氣衝衝地對田尋說：「她是你新交的女朋友嗎？」田尋沒想到她這麼大反應，剛要開口解釋，林小培又指著依凡說：「妳是他女朋友嗎？」把依凡也問得愣住了。

林之揚連忙斥責道：「小培妳幹什麼？人家是客人，妳懂不懂禮貌？」

林小培怒火未消，說：「他敢找別的女朋友不告訴我，氣死我了！」

依凡笑著對林小培說：「妳誤會了，我根本不是他的女朋友。」

林小培說：「我才不信呢！那你們是怎麼認識的？」

依凡說：「我是《西安日報》的記者，今天特地來採訪林教授，我和田尋也是剛認識還不到半個小時，不信妳問林教授。」

林小培一聽，連忙問她老爹：「爸，是真的嗎？」

林之揚心中暗暗讚嘆依凡的應變能力，假裝板著臉說：「當然了！人家趙記者來了半天，田尋才剛到幾十分鐘，怎麼能是他女朋友呢？妳真是亂彈！」

林小培一臉迷惘地看著田尋，田尋也生氣地說：「妳也不問清楚就質問人家，不怕讓人笑話！」

林小培性直，馬上換上笑臉，對依凡說：「小培給妳道歉了，嘿嘿！」還沒等依凡說什麼，她又來到田尋一邊坐下，拉著田尋的手，說：「好了好了，人家道過歉了。」

依凡一看林小培，就知道她是個嬌生慣養、頤指氣使的千金，但她天真善良，倒也不討厭，反有幾分喜歡。田尋哭笑不得，對林小培說：「妳還是老樣子，最近都在玩什麼？」

林小培伸出雙手，說：「你看！」

田尋見她纖纖十指的指甲上都畫著五顏六色的圖案，是現在最流行的韓式美甲，田尋向來對女性化妝沒什麼興趣，順口問：「這是什麼東西，亂七八糟的。」

林小培把雙手的食指靠近，說：「你看，這個是我，這個是你，好玩嗎？」田尋仔細一看，卻見她兩根食指上畫著兩個小人，右手是個長髮女孩，自然是她自己，左手是個短髮男孩，鼻子和嘴畫得十分誇張，田尋長相普通，鼻頭發圓，嘴唇也有點厚，顯然畫的就是他。田尋心裡有些感動，他以為這大半年沒見，這個富家小姐早把自己忘得一乾二淨，卻沒想她竟然還在想念著自己，心中不由得泛起一股柔情。

林之揚說：「小培，我要和客人談些事情，妳先去洗澡吧，晚上我們一起吃飯。」

林小培高興地說：「嗯，好呀！你們聊吧，我先去洗澡啦！」說完，蹦蹦跳跳地走了。

林教授大感意外，平時林小培對他的話常常是反著執行，讓她做什麼卻偏不做，可現在竟然十分聽話，不由得有些無奈，看來古語說女大不由爺，真是顛撲不破的真理。

林之揚將田尋和依凡帶到內間屋的書房，這間書房在屏風之後，緊挨著他的臥室，看來是專門用來談一些隱蔽事情的。關上門，三人坐定之後，田尋問起文物失竊的事。林之揚覺得說自己在家被人綁架有點太丟臉，於是說家中只有一個保姆，那群盜賊綁架了保姆，盜走一件貴重文物。還說這件文物曾經有很多境外收藏家想買，可他不想把文物流失海外。

依凡問：「林教授，為什麼不報警，可以讓海關員警幫著追回啊！」

林之揚說：「絕對不行！這些竊賊我也有所了解，他們只認錢，現在肯定是在四處聯絡能出高價的買家，如果我報了警，全國通緝起來，這幫傢伙就會狗急跳牆，隨便找個外國買家出手，那時候可就晚了。」

兩人點點頭。

林之揚又說：「好在我林之揚在文物界混了幾十年，在全國各地都有些朋友和同行，我已經通知他們緊密注意，同時我又託朋友找了些私家偵探幫忙，其中也有身懷絕技的軍事專家，你們能來幫我，我很感激。我準備安排你們到珠海，那裡有兩個退役特種兵，你們一同行動，怎麼樣？」

田尋和依凡互相看了看，說：「我們願意聽從林教授的安排。」

林之揚高興地說：「那太好了！一路上我會讓他們兩人保護好你們，你們不用擔心安全問題，如果二位能利用你們的知識幫我追回文物，那不光是為我，也為國家挽回了損失。」

依凡說：「林教授知道那些盜賊的長相嗎？」

林之揚說：「我已找人按保姆的口述將盜賊頭領畫了頭像，你們可以按頭像尋找線索。」

又聊了一會兒，晚上兩人又在林教授家裡吃晚飯。隨後依凡回了西安日報社，而田尋就在林教授家住下，林之揚的別墅房間眾多，為田尋單獨安排了間客房。

第十一章　惹禍上身

兩日之後，田尋準備出發。林小培得知他要去珠海，還以為是去旅遊，非吵著也要去。林之揚和田尋當然不許，林小培一氣之下，又甩手離家走了。

田尋換了身輕便衣服，拎著行囊，坐計程車來到西安咸陽國際機場，見依凡已經在登機口處等待，兩人相視一笑。依凡今天穿著半袖T恤衫、緊身牛仔褲和白色運動鞋，她真是個天生的衣服架子，穿什麼都很好看。

兩人換了登機牌，登上開往珠海的飛機。

飛機平穩地航行在空中。田尋問：「幾個小時能到珠海？」

依凡說：「西安到珠海一千七百多公里，三個多小時就到了。喂，那個林大千金對你還挺不錯的。」

田尋笑著說：「算了吧，我們根本不是一路人。」

依凡說：「我看她雖然嬌慣，但人還是不錯的，只不過你要是娶了她恐怕得很吃些苦頭。」

田尋說：「妳別瞎猜了，我和她就像兩條鐵軌，是永遠不會交叉的。我要娶，也要娶妳這樣的好老婆。」

依凡把臉一沉：「你又想挨拳頭了是嗎？」

田尋連忙找話題岔開。

一轉眼幾小時過去，航班在珠海國際機場穩穩降落。兩人走出機場大廳，現在是六月天氣，又是中午時分，西安的氣溫大約在二十五度左右，而珠海卻足有三十度上下，田尋是北方人，從沒到過珠海，感覺有點熱氣逼人、頭昏腦漲。依凡手遮涼棚，說：「我們先找個賓館，還是現在就打電話聯繫那兩個人？」

田尋說：「我有點中暑的感覺，咱們還是先找地方住下，明天再給他們打電話，妳說呢？」

依凡還沒說話，卻聽身後有人說：「死田尋，你真行，還在騙我！」

兩人連忙回頭，卻是林小培！只見她穿了一身漂亮的耐吉運動裝，戴著粉色的太陽鏡，挎著背包，十足旅遊打扮，大反平時衣著時尚的樣子，不仔細看還真認不出來。

田尋大跌眼鏡，走上去仔細看了看她，林小培摘掉太陽鏡，氣勢洶洶地說：「看什麼看，不認識我了？」

田尋說：「妳……妳怎麼跟來了？」

林小培哼了聲，說：「我在家待著沒意思，整天除了出去吃飯，就是去ＫＴＶ唱歌、蹦迪，本來想偷偷跟著你來珠海旅遊的，可沒想到你竟然是和她一起！說，為什麼騙我？」

第十一章　惹禍上身

田尋說：「我還不是怕妳誤會？我們可不是來旅遊的，是有重要的事情要辦。」

林小培氣哼哼地說：「重要的事情，是來度蜜月嗎？」

依凡說：「林小姐，請妳不要亂說好嗎，我們有任務在身。」

林小培白了她一眼，對田尋說：「反正我也來了，你總不能把我甩掉不管吧？你走到哪兒我都跟著，哼！」

田尋無奈地看了依凡一眼，對林小培說：「我是真服了妳。先找個賓館安頓下來再說，然後我打電話給林教授讓他接妳回去。」

幾人找了一家四星級的賓館，田尋對服務員說開兩個房間的套房，可林小培不幹了，她說：「我不習慣和別人同房間，我要自己單獨睡。」

沒辦法，田尋只得又換了個三房間的高級套房，林小培從錢包中拈出一張Master國際金卡遞給服務小姐，田尋說：「不用，我們身上帶著錢呢。」

林小培卻滿不在乎地說：「誰要你們為我付錢？我可從來不習慣別人付帳的哦！」

依凡笑著搖了搖頭，心說這個富家小姐還真是名不虛傳，田尋早在半年多前和林小培相識之初，就領教過她的揮霍能力，暗想：妳從來不用別人付帳，那金卡裡的錢還不都是妳老爹林教授的。

這高級套房有三間臥室，連衛生間都是兩套，林小培等依凡去洗澡時，忙拉過田尋問話：「你和她到底是什麼關係？快說！」

田尋氣得不行，心說妳又不是我老婆，幹什麼審我？他說：「我都說了，是妳父親林教授有事委託我，我是和她共同來辦這件事的，我們之間沒有任何關係，妳就別瞎猜了。」

林小培一臉陰笑：「哼哼，就算有關係也沒用，我會監視你的，不許耍花招！」

田尋生氣地說：「大小姐，我又不是妳男朋友，妳幹嘛管我？」

林小培笑著說：「那我是你女朋友總行吧？誰讓我看上你了呢？」

田尋徹底無奈，躺在床上不再理她，林小培也不生氣，自顧打開電視看了起來。

第二天上午。林小培洗過了澡，吃過服務員送來的早點，心情相當不錯。她覺得還是應該給父親打電話通知一下，於是撥通了林之揚的電話。林之揚做夢也沒想到，林小培會偷偷跟著田尋跑去珠海，氣得火冒三丈，立刻命令她馬上回西安，否則就派人去強行接回，林小培平日裡過慣了舒服日子，現在和田尋、依凡來到珠海，覺得很有意思，根本就不想回家，於是她對林之揚明確表示：「如果敢派人來接我，我馬上失蹤給你看。」林教授氣得三屍神暴跳，卻對林小培毫無辦法，只得一再告誡她：「田尋他們是要辦正事，妳只需在賓館裡待著就行，千萬別和他們同去。」林小培連連答應。

林教授心中稍平，暗想：我林之揚上輩子做了什麼錯事？怎麼就生下這麼個難伺候的女兒？還是派人悄悄把她接回來得好。

林小培性子活潑，在賓館裡哪待得住？下午就開始拉著依凡逛街。在珠海最高級的商場裡，她一口氣買了兩萬多元的高檔時裝，又給依凡買了好幾件，弄得依凡很是過意不去。林小培又問她和田尋是什麼關係，來辦什麼事，依凡當然不能說實話，敷衍幾句完事。

第十一章　惹禍上身

第十二章　小試身手

珠海市拱北水灣路。雖然已經是晚上九點多，可這條大街上卻仍然是霓虹閃爍、光怪陸離、熱鬧非凡。

此地是珠海最著名的酒吧街，主要以歐式風格為主，來此消費的不是中產階級，就是商界老闆，而且外國人很多。據說，每天晚上流連於珠海各大酒吧街的外國人占珠海全部老外的三成還多，已是珠海一大特色。

街道兩旁停滿了各種私家車，有法拉利、世爵、寶馬、奧迪、歐寶、藍寶堅尼、悍馬、蓮花、沃爾沃、公羊……簡直像個中型豪華汽車博覽會，這對酒吧街來說又是一大看點，因為香港和國外的很多酒吧都禁止顧客自駕汽車光顧，怕酒後開車出事。而在這兒卻沒人管，來玩的人恨不得每天換一輛車，以示瀟灑。

一家裝飾獨特的酒吧裡，不少人正在喝酒消遣。這家酒吧的裝飾風格模仿了美國西部的酒館格調，多採用原花紋的木板桌椅，連大門都是雙面半扇對開的那種彈簧木門，每開一次就會呼扇呼扇地來回擺動，合上之後則是個圓形。酒吧牆上掛著飛鏢靶，客人隨時可以免費地擲上幾下，角落裡還有兩張藍色的美式桌球台，一群人正圍

第十二章　小試身手

著邊喝邊玩。

吧台的男服務生都頭戴牛仔帽，身穿花格襯衫，打扮得十足像西部牛仔，而女調酒師則全是長髮，並且染成金色，碎花格襯衫下擺繫個扣，再配上緊身的低腰牛仔褲，十分性感。樂池裡一群傢伙正在演奏典型的美國鄉村音樂，到了這兒還真有種在美國西部的感覺。

酒吧就是這樣，沒有特色是不行的，人是喜歡新鮮的動物，在這裡正可以體驗到純正的美國風情。

吧台周圍幾個人坐在高腳椅上爭著跟女調酒師聊天。

一個身穿GUCCI短袖襯衫的胖子點了杯龍舌蘭酒，乜斜著色瞇瞇的眼睛和女調酒師搭訕：「美女，妳說怪不怪？我每天都來這裡看妳，已經兩個多月了，怎麼就是看不夠呢？」

這女孩長得非常漂亮，她微笑著輕聲慢語：「那你就天天來好啦。」

胖子樂得上了天，好像沒怎麼喝就已經醉了，這時旁邊有個帥氣小夥也湊上來，先要了瓶嘉士伯啤酒，點燃一根香煙，吐了個很酷的煙圈說：「寶貝，請妳喝一杯怎麼樣？」

自古美女喜歡看帥哥，女孩看了看他，給了一個含蓄曖昧的笑容，說：「好啊，那就請我喝杯人頭馬吧。」

人頭馬威士忌是這酒吧裡最貴的酒，一杯就六百多，但既然美女開了口，總不能失面子，師哥硬著頭皮點了酒。在酒吧工作的女孩都是海量，喝起酒來絕不亞於任何一個喝鬼，不然的話在這種環境裡，不但賺不到酒錢，還很容易被酒客灌醉。

女孩和帥哥愉快地聊著天，胖子在一旁斜眼看著帥哥，鼻子裡哼了聲，顯然十分不服。他對女孩說：「我說美女呀，妳也太不給面子了？我天天都來看妳，妳怎麼連話也不和我說？」

還沒等女孩開口，那帥哥說話了：「我說哥們，你連一杯酒都不捨得請，就這樣也想泡美女？還是省省吧！」

胖子怒道：「你怎麼知道我沒請她喝酒？好！給我上兩杯人頭馬，美女，我要和妳喝一杯！」

女孩笑著取過兩個杯子，倒了兩杯人頭馬。

帥哥笑了：「老兄，這酒很貴的哦，你身上錢夠不夠？我看你手上戴著帝舵手錶，要是不夠的話，倒是可以用錶抵酒錢，不過人家酒吧只收真正的瑞士錶，你這要是地攤上那種三十多元錢的假貨，人家可不收。」

胖子憤怒了，他從錢包裡掏出厚厚一疊百元大鈔往吧台上一拍：「臭小子，看不

第十二章　小試身手

起你胖哥？今天我和她喝定酒了，誰也別來摻和！」

帥哥也生氣了：「胖子，你跟我鬥？美女，再給我倒四杯人頭馬，今天我就要妳陪我一個人喝酒，怎麼樣？」

胖子大怒：「給我上十杯，今天大爺我跟你卯上了！」聲音提高了八度，酒吧裡不少人紛紛回頭看二人。

女孩一見交上了火，連忙打圓場：「哎呀，不要了啦！大家都是來開心的，幹嘛這麼凶嘛！來，胖哥，我陪你喝一杯！」

胖子臉上立刻轉怒為喜：「好好好，來，乾杯！」女孩朝旁邊努努嘴，又有一個漂亮的女調酒師走過來，笑吟吟地和帥哥搭上話，一場戰爭消弭於無形。

胖子一身名牌，出手闊綽，酒力卻不大，第三杯酒落肚，舌頭就開始轉筋了，後來被女孩強勸出酒吧。

胖子腳下劃著S型路線往外走，猛地撞在一個人身上，這人個子很高，穿著一件夏威夷式的花襯衫，半敞著懷，露出結實的胸肌，下巴上略微有點鬍鬚，看上去男人味十足。

胖子足有兩百來斤，撞的勁相當大，這人被撞之下卻紋絲沒動，他一下扶住胖子，說道：「哥們，看著點路，我可不是大樹，別把你給撞散架了！」

胖子推開他，不屑地一擺手，自顧走了。

這高個兒走到吧台前說：「來一瓶啤酒。」

女孩微笑著拿過一瓶百威啤酒遞給他，說：「你不是珠海人吧？以前我沒見過你呢！」

這人喝口啤酒說：「我昨天剛到珠海，來辦點事。對了，我想找個人，妳能幫我看看嗎？」

女孩問：「找什麼人呀？這裡我很熟了，凡是經常來水灣路的人，沒有我不認識的。」

這人說：「我要找的是這個人，妳看妳見過沒有。」說完掏出手機，按了幾下按鈕，螢幕上現出一張男人的頭像照片，女孩仔細看了看，搖頭說不認識，也從來沒見過。

這人嘆了口氣，收起手機。女孩見這人雖然人高馬大，但一臉正氣，眼睛裡更有憂鬱之色，心裡不免有了好感，不禁問道：「大哥，你貴姓呀？明天我再幫你問問別人，也許能問到。」

這人說：「不用了，整個珠海市的大小夜總會和酒吧我都去過了，就是找不到，可能這人不在珠海。妳叫我丁哥吧，妳叫什麼名字？我看這酒吧裡好多人都挺喜歡妳

第十二章　小試身手

的。」

女孩笑了：「叫我小莉吧。你說他們？得了吧，那可不是喜歡，來這兒的人無非都是來尋開心的，請我喝酒的人，也大都心懷鬼胎，不是要請我吃飯，就是出去唱歌，其實還不是為了占我的便宜。」

丁哥哦了聲，若有所思。小莉笑著說：「一會兒我男朋友就來接我下班了，他是一家調查公司的小職員，是個老實人，雖然沒什麼錢，但還是比那些男人要靠得住。」丁哥笑著點頭說沒錯。

這時，外面一輛敞篷賓士車疾馳而到，「嘎」地停在門口，伴著喧嘩聲走進幾個人，都是二十幾歲的年齡，頭髮染得五顏六色，活像腦袋上頂了個雞毛撢子，看衣衫打扮也都是富家子弟。幾人坐在一張桌上，嚷嚷著要上好酒。小莉見了這幾個人，眉頭一皺轉過頭去。有男服務生過來給端來了酒，一個年紀輕輕卻染著花白頭髮的小子衝小莉喊道：「小莉，來呀，陪我喝一杯，昨天妳還欠我兩杯酒呢！」

旁邊幾個小子一齊起哄。

丁哥一見笑了：「說來就來，又是找妳的。」

小莉厭惡地低聲說：「這幾個人是倒賣麻古丸的，總是來騷擾我，真討厭。」

丁哥剛要說話，身體卻被一隻手撥到旁邊，回頭一看，那花白頭髮的小子不知什麼時候已來到了吧台前面，這人手指上夾著一根「黃鶴樓1917」牌香煙，吐個煙圈嬉皮笑臉地說：「小莉，怎麼又有新情人了？女人啊，都是那麼喜新厭舊，不過我喜歡，嘿嘿！來兩杯人頭馬，妳陪我喝。」

小莉面無表情地倒了一杯酒，這人嘴一撇：「我說倒兩杯，妳怎麼就倒一杯？怕我拿不起錢吧？」邊說邊擺弄手指上戴著的白金戒指。

小莉說：「我今天不舒服，不喝酒。」

這人哈哈一笑，涎著臉說：「怎麼不舒服了？哦對了，妳是不是……那個來了？」

小莉氣得臉色煞白，說不出話來。這人掏出一個白色塑膠袋放在吧台上，淫笑著說：「這是新到的貨，特別帶勁兒，送妳幾粒試試？不光玩得過癮，還能治痛經呢，保妳爽歪歪！」

幾個小子跟著哈哈淫笑。小莉氣得渾身顫抖，扭頭就走，這小子得寸進尺，抓住小莉的胳膊不放，小莉怒斥：「放開我！」

這小子說：「小莉，妳不要不識相，我文龍看上的女孩還沒有弄不到手的，妳就別裝了，看見外面那輛賓士跑車了嗎？今晚妳跟我走，我就送給妳，我文龍說出做到！」

第十二章　小試身手

這時，丁哥在旁邊說話了：「哥們，人家都有男朋友了，你還是省省吧。」

文龍瞪了丁哥一眼：「你是從哪裡冒出來的？滾開！」

丁哥說：「我不是冒出來的，是走進來的。你這人說話太不中聽，我聽著有點彆扭。」

文龍大怒：「你他媽的快給我滾蛋，要不我花了你！」剛說完，同來的幾個小子都圍了上來，手裡都拿著一把窄身短刀。附近的服務生和顧客一看這陣勢，連忙都躲得老遠。

丁哥看了看他，不動聲色地撩開花襯衫下擺，掏出一把烏黑鋥亮的手槍放在酒吧台上。

文龍一看並沒有害怕，反倒笑了：「小子，你跟我動這個？別說還真算找對人了，老子我五、六年前就倒賣仿真槍，這都是我玩剩下的啦，哈哈！」

丁哥也不搭話，左手拿起手槍，右手把套筒拉到一半再鬆手，「咔嚓」一聲，一顆沒上膛到位的子彈從槍管裡退出來，在玻璃吧台上彈了幾個圈，發出清脆的響聲。

文龍臉上有點變色，眼睛盯著那顆黃澄澄的小口徑手槍子彈，顯然是真傢伙。他慢慢鬆開抓住小莉的手，對丁哥道：「哥們，你是她什麼人，替她出頭？男朋友、老公，還是親戚？」

丁哥放下槍，搖了搖頭：「都不是，我和她剛認識不一會兒。」

文龍哼了一聲：「那你管什麼閒事？」

丁哥笑了笑：「其實也沒多大事，就是看你不太順眼而已，你說怎麼辦？」

文龍臉上一陣青，一陣白，再看看呆若木雞的幾個手下，又看了看吧台上的槍，伸大拇指說：「哥們，今天算你有種！我是拱北文龍，這一帶沒人不認識我，你敢不敢報個名號，以後有機會咱們再好好會會！」

丁哥鼻中哼了一聲，說：「我不是本地人，說了你也不認識，我叫丁會。你要是想會會我，隨時都可以。」

文龍點點頭，右眼微動，再不搭話，帶手下走出酒吧，上車而去。

丁會目送著文龍眾人離去，慢慢拿起槍撿起子彈，彈出彈夾裝上，把槍收起。小莉臉色未平，對丁會說：「丁哥，你先走吧，文龍認識很多亡命之徒，說不定馬上就會回來找你的！」

丁會想了想，也是，自己有事在身，沒必要牽扯太多，於是他說：「小莉，妳最好也不要在這裡上班了，換個工作，離這些人遠一點。」

小莉點了點頭：「丁哥，再過十幾天我就離開珠海了，我男朋友老家是杭州的，我們準備回去結婚……」說著臉上現出羞澀之色。

丁會笑道：「好啊，祝你們幸福。」

小莉忽然說：「對了丁哥，你把你要找的人的照片傳給我，我讓我男友幫你調查，他的調查公司在珠海很出名的，真的，我免費幫你查，就算報答你今天給我解圍啦！怎麼樣？」

丁會看著小莉善良可愛的笑容，心想也好，於是利用藍芽傳輸功能將照片傳給了小莉，告訴她如果真有了消息，就打電話給他。交代完畢後，他一口喝乾瓶中的啤酒，頭也不回地離開了酒吧。

第十二章　小試身手

丁會叫了輛計程車，來到斗門區白藤湖附近的一處居民樓，這居民區靠近江邊，很是偏僻。回到自己租住的小屋，丁會簡單沖了個澡，躺在床上抽煙。

正這時手機響了，聽筒裡傳來一個男人低沉的聲音：「丁會，有什麼線索嗎？」

「現在還沒有眉目，再給我點時間。」丁會無奈地回答。

「抓緊時間。還有，東家又派了兩個人和你接頭，一個叫田尋，另一個女孩叫依凡，他們會和你共同行動，如果沒有意外的話，他們明天應該就會和你聯絡。」

「他倆是幹什麼的？」

「到時候你就知道了。」電話掛斷了。

丁會先在心裡把上司家裡的所有女性親屬都問候了個遍，暗想：為什麼非要派兩個人和我共同行動？如果真抓到「兔子」，那一百萬賞金豈不要被分去三分之二？

正想著，又有人打電話給他，原來正是田尋，兩人約定在斗門區丁會暫住的居民樓見面。

田尋讓林小培在賓館等著，自己和依凡來到丁會家中，大家見面先寒暄了一番。商量過後，三人決定白天到市內的賓館、酒店尋找線索，晚上到酒吧、KTV之類的夜店找人。

此後，三人開始按計劃行動，當然林小培每次都在賓館裡看家，雖然她總吵著要同來，但田尋死活不同意，萬一她有個閃失，林教授那邊可不好交代。

每次兩人回賓館後，幾乎都會被服務台小姐拉住大吐苦水，原來林小培嬌生慣養，又非常挑剔，不是嫌海鮮不夠新鮮，就是嫌衣服熨得不平整，經常把服務生罵得狗血淋頭，有一次居然還準確地嚐出干貝是半年前的冷藏品而非新鮮的，令賓館大廚驚嘆不已。

這賓館自從建成後二十多年來，接待過無數難伺候的客人，但像林小培這樣的刁蠻千金還是頭回遇見，但她每次付帳都用國際金卡，而且出手大方，小費也都是幾百上千地給，零頭從來不要，不到一星期就已經消費上萬元，顯然身分大不一般。後來，賓館召開緊急會議，決定臨時成立一個六人小組，專門負責這位大小姐的一切服務。

第十二章　小試身手

一連十幾天過去，並沒有什麼線索。

這天深夜，丁會拖著疲憊的身體回來，坐在窗邊抽著煙看夜景。窗外就是江邊，夜風吹過窗簾泛起陣陣涼意，丁會鼻子裡聞到一股烤肉的香味，他伸脖子朝窗外看，只見江邊一排小飯店門口，幾個小攤正在烤羊肉串。南方人偏愛吃火鍋，對燒烤類食品一般不太接受，在珠海能有烤肉攤子，也算是稀少了。丁會只覺肚子裡咕咕一陣亂響，這些天每天都是在各大酒吧泡著，酒是喝了不少，卻沒吃幾頓正經飯，於是丁會被香味吸引著下了樓。

來到烤肉串攤邊，四、五張桌子隨意地擺在路邊，幾夥年輕男女正在吃串聊天。小老闆熱情地過來招呼，丁會要了一些烤肉串和兩罐啤酒，大吃起來。雖然已經過了午夜，可南方人習慣過夜生活，來光顧的吃客一點也沒見少。

吃著吃著，丁會忽然發現旁邊的吃客有些不對頭，剛才是情侶居多，邊吃邊談情說愛，而現在卻都變成了一群男人，一個個不三不四、賊眉鼠眼。

丁會看了看周圍沒什麼異樣，也沒多在意，只顧吃喝。

過了一會兒，他叫老闆想再要一碗麵條補補肚子底，卻發現攤主不知什麼時候已不見了，整個攤子就剩下他和那幾夥人。

丁會心知有異，一面裝著低頭喝酒，一面警覺地用餘光觀察四周動靜。

果然，兩個小子每人拿著罐啤酒，假裝到樹下方便，轉來轉去來到丁會背後。丁會將桌上的**ZIPPO**打火機立起來，精鋼錶面上立刻映出了身後兩人的影子。忽然，影子一動，丁會只覺身後微有風聲，他也不回頭，隨手抄起桌上的竹筷折斷了向後扎去。只聽一聲大叫，半截竹筷捅在一個人的肚子上。這時，另外一人的短刀也已捅了過來，丁會左腳勾住屁股底下坐著的塑膠凳子往後一翻，將對方連人帶刀刮倒在地。

「嘩啦」幾聲響，旁桌的人紛紛掀翻桌椅圍攏過來。

丁會剛要掏槍，一個人手持鋁製球棒，照丁會腦袋就砸，丁會知道這種球棒分量雖輕，卻能容易將人的骨頭打碎，他不敢抵擋，向左邊一閃身躲過棒子，飛起一腳踢在這人手腕處，對方慘叫一聲，球棒撒手。丁會再欲掏槍，後側又有一人手持一尺來長的鋼刀捅了過來，丁會無暇躲閃，只得抬右腳勾起一張塑膠凳子刮開鋼刀。

第十二章　小試身手

這時，聽得江邊有人喊道：「別讓他掏出槍來，逼近了打，一定讓他倒下！」

丁會一聽聲音，立刻聽出是酒吧裡那個倒賣麻古丸的文龍，他果然帶了人來尋仇。

丁會知道這種毒販子大多心黑手狠，對他們絕對是沒有道理可講的，眼見兩個人齜著牙向他衝過來，他略一側身，反手刁住一個黃毛小子拿刀的手腕，順勢向裡一帶，拉在自己身前做擋箭牌，另一個紋身的傢伙沒煞住車，手中的短刀結結實實地捅進黃毛小子肚子上，丁會將黃毛小子軟弱無力的刀一奪，從紋身的右鎖骨扎了下去，只露了一個刀柄，兩人都慘叫著癱倒在地。

周圍的人毫無懼色，前仆後繼地衝上來，球棒、尖刀、鐵棒，拿什麼的都有，丁會在眾人的進攻中左支右絀，險象環生，好幾次都險些中刀。

丁會暗想：我一身功夫，如果死在這群人手裡，那可真是冤出大天來了。於是他抖擻精神，痛下殺招，一轉眼又撂倒了幾個小子，腿上一用勁，「噌」地一下跳到張桌子上，這下可騰出了時間拔槍，丁會右手的手指已經摸到了槍的扳機，只要槍一撥出來，戰鬥幾秒鐘內就會結束。

忽然「砰」的一聲響，丁會只覺小腿一陣劇痛，回頭一看，文龍不知什麼時候獰笑著站在自己身後，手裡拿著一根黑黝黝、帶節的鋼棍。

丁會心中一凜，知道這是美國特種員警專用的甩棍，這種武器用高碳鋼製造，重量極輕，硬度卻極高，收縮時只有一巴掌長短，對戰時只需輕輕一甩，即可達到四十五釐米左右的長度，其超強的硬度可以輕易地擊碎人體任何一塊骨頭。本來這東西只配備於北美特種部隊使用，近幾年有一小部分通過走私途徑流進了香港和大陸地區，在黑市上被高價出售。

丁會在一擊之下身體一栽歪，痛得差點跪倒。文龍一見偷襲成功，手裡也不停頓，緊跟著又是一棍向丁會膝蓋砸來，丁會下意識向後退去，卻忘了自己還在桌子上，腳下踩了個空，「哎呀」一聲跌了下來。

文龍大喜，狂叫道：「給我弄死他！」

三個人馬上圍了上來，一個傢伙掄球棒就砸丁會的腦袋，丁會右手扶地一滾，「砰」的一聲球棒掄空，把水泥地面砸出一個淺坑。另一個小子站在他身邊，手中刀尖朝下直扎他的胸口，丁會躲閃不便，情急中他一把抓住這小子的小腿，雙手用力往後一拖，這小子「哎呀」一聲重心不穩，被丁會拉得仰面栽倒，丁會大喝一聲，順勢彈起身子，雙手抱著那傢伙的小腿用力掄了起來，這小子的身體就像個大號的鉛球一般淩空轉圈，丁會猛地鬆手，那傢伙直飛出去，腦袋正撞在燒烤爐子上，四散飛濺的炭火燙得他哇哇大叫。

第十三章　狹路相逢

周圍的人被那小子的身體給掄得閃開了一個圈，丁會閃電般地去拔腰間的槍，卻掏了個空，再一摸，心中暗叫不好，原來手槍已不知去向。

文龍哈哈大笑：「丁大俠，你的槍呢？哈哈，看看這是什麼？」說著抬起右手晃了晃，正是丁會的那把手槍。

文龍得意地說：「丁老闆，你說吧，今天你是想吃槍子兒呢，還是吃刀子？你龍哥一定儘量滿足你，真的。」丁會看了看周圍，幾個流氓都停住手閃在一邊，一臉壞笑地看著他，就像在動物園裡看大猩猩。

丁會知道對這種人講情是沒有用的，冷冷地說：「文龍，你想怎麼樣？」

文龍嘿嘿一笑：「我想怎麼樣？這可得好好想想。我看你挺能打的，看來也是個練家子，剛才我一甩棍居然沒把你的腿打斷，也挺佩服你的，所以我就想知道，子彈能不能打斷你的腿？成老四，你說能不能？」

旁邊一個三十多歲的光頭嬉笑著說：「這可不好說，這位老闆說不定是變形金剛化身，要不龍哥你先打一槍試試？」

幾個傢伙也一起聒噪，文龍大聲說：「好，那我就試試！」說完，慢慢舉槍瞄準丁會的右腿。

只聽「砰」的槍響，文龍大叫著手槍脫手，他扶住手腕，手上鮮血直流，旁邊幾個小嘍囉傻了眼，四下張望，又是一聲槍響，那個叫成老四的禿頭慘叫一聲跪倒在地。幾個小子嚇得撒腿就跑，一轉眼都沒了影，文龍心知遇上了硬茬，雖不知道對方在哪兒，但顯然人家已經手下留情，不然自己早歸西了，他一咬牙，捂著手腕落荒而逃。

丁會看著地上躺著的幾個受傷的小流氓，一時沒反應過來。這時，一個黑影從旁邊的樹叢裡走出來，向丁會招手道：「丁軍長，紅四方面軍今天在珠海會師，真不容易啊，哈哈！」丁會一看這人，大喜過望，一瘸一拐地迎了上去，高興地說：「姜軍長，真是你？」

這人走過去彎腰撿起槍，遞給丁會說：「老丁，這義大利造的M9你還留著呢？成色保持得不錯，只可惜今天沒用上。」

丁會拿著槍，嘆了口氣：「姜虎，我們可能是真的老了，以前當兵執行任務的時候，我們倆能幹掉二十多個越南兵，可今天，我居然連槍都沒拔出來。」

姜虎哈哈一笑，說：「是你老了，我可沒老呀，今天我槍法還可以吧？正中那小子的寸關骨筋，別的不敢說，我保證他那隻右手這輩子再也別想握緊拳頭了。」

丁會說：「你怎麼也到珠海來了？」

姜虎摟著他肩膀說：「我也是今天剛到，準備明天再給你打電話的，在江邊吃肉串的時候，誰知道你也聞著味兒跟來，還沒等我打招呼，你就先跟人練上了，我也正想看看你的身手有沒有退步，就等到了現在。怎麼樣？是不是有種雪中送炭的感覺？」

丁會吐了他一口，說：「雪中送炭個屁，你明知道有人暗算我，為何不早一點出手？」

姜虎說：「我這也是為了你好，讓你活動活動筋骨。好了，說正事吧，你這房子不能再住了，那幫小子一定會回來報復，你收拾東西馬上跟我走。」

丁會看著地上半死不活那幾位，知道惹的事不算小，要是員警來了就麻煩大了，於是也沒多問，趕緊上樓收拾了一些東西，跟著姜虎離開了江邊。

第十三章　狹路相逢

姜虎的住處在拱北西面，只是一個普通的小平房，比丁會租的民房更偏僻，這裡除了一些菜地，就是荒丘，根本沒有幾戶人家。進了屋，姜虎取出一些止痛藥讓丁會自己搽搽，又倒了兩杯水。丁會邊搽腫得老高的小腿，邊問：「我說姜軍長，你這平房也太簡陋了些吧？」

姜虎喝著水，說：「簡陋點好，不會引人注意。」

丁會又說：「老姜，咱們有六、七年沒見了吧，這幾年你是怎麼過的？」

姜虎喝著水說：「我一個大老粗還能幹什麼？給個老闆當了幾年保鏢，後來那老闆被仇家給做了，我也失了業，東當幾天和尚、西撞幾天鐘，後來一個朋友介紹我幫西安東家找人，還有活動經費，所以我就來了。沒想到也有你，對了，有什麼線索沒有？」

丁會搖了搖頭：「珠海大大小小的酒吧、賓館，我基本都去遍了，根本沒人認識他。」

姜虎說：「你應該到一些卡拉OK，或是夜總會之類的地方找上一找，人如果暴富有了錢，應該會先去這些地方找樂子。」

丁會說：「這些地方消費太高，以我們手裡這點活動經費可不夠。你呢？這些天都去哪兒了。」姜虎說：「我在汕頭待了半個月，和你一樣，跑遍了酒吧和飯店，想去一些豪華的夜總會吧，可那幫王八蛋說我既不是會員，也沒有VIP卡，不讓我進！你說他媽的氣不氣人？」

第十三章　狹路相逢

丁會無奈地說：「這可真沒轍，看來這一百萬的獎金你和我是沒福享受了，再跟著混幾天，回長安城向東家交差得了。」姜虎也低頭不說話。

丁會問：「老姜，你說咱要找的那傢伙究竟偷了什麼東西？搞得東家那邊全國動員、興師動眾地找？我聽說不光北京、上海、天津、瀋陽有人，連香港和澳門都派了人！」

姜虎躺在床頭，閉上眼睛說：「不知道，開始我也核計過，用笨理兒想，他偷的那東西至少得值五百萬以上，光是長安城在全國佈下的眼線的活動經費就不下一、兩百萬，再加上百萬元的賞格，我想怎麼著也得是個唐朝以前的文物。你不知道，聽說東家可有錢了，我聽人說，他家裡古董特別多，多得都堆成山沒地方放，在屋裡走路時，哪天一不小心踩壞一件，得，幾百萬沒了，可人家根本不在乎。」

丁會聽了，張大了嘴問：「啊？真的假的？那也太有錢了！」

說到這兒，姜虎又吸了口煙，接著道：「後來我一想，管它是什麼東西？我只管找人，別的不問。反正咱們活動有經費，找到了還給重賞，要不平時也是閒著沒事幹。」

丁會嘆了口氣：「我說老姜，你說像我們這些當兵的，除了當保鏢和給人家護院之外，什麼也不會，想經商吧，手裡還沒本錢。退伍了難道就真的什麼用也沒有了？」

姜虎說：「咱倆互相稱『軍長』，那也就是叫著玩，我們要真是軍長的話，每個月的退休金也不少，也足夠後半輩子的花銷了。可惜咱不是，那就沒辦法了，我們會什麼？在部隊裡受的就是一些格鬥訓練和特工課程，要嘛就去給人當保安，要不你就去混黑道，或是給外國人當間諜。可我還不想犯法，那就只能做看門狗了。」

丁會說：「可我不甘心哪！想起在廣西當兵那時，在越南邊境排雷，被炸死的和被越南鬼子放冷槍打死的兄弟們那麼多，我這心裡頭就不是滋味。老姜，你還記得被暗雷炸成三截的那個趙連長嗎？五年前他妹妹出車禍死了，他老母親孤身一人，現在還住在地下室裡，連救濟金都沒有。前年我去看她的時候，她居然在門口垃圾箱裡撿水果販子扔掉的爛蘋果吃……」說到這裡，丁會的聲音有些哽咽，說不下去了。

姜虎用力在桌上一捶，罵道：「我操他媽的，咱們為了老百姓拚了命，老娘卻連頓飽飯都吃不上！」

丁會說：「所以我就想得到這一百萬，把當年那些死去戰友的親戚都接濟一下。唉！可現在都不知道那傢伙在什麼城市，就這麼沒頭蒼蠅似地瞎找，什麼時候能碰上？」

姜虎無奈地說：「那有什麼辦法？人只有一個，鬼才知道他去哪兒風流快活了，

第十三章　狹路相逢

讓誰逮著誰走運唄！不過據我分析，對方如果想徹底躲開東家的追捕，出國是最好的途徑，而要出國，只有沿海一帶才是最便利的地方。」

丁會苦笑一聲：「要是你就好了，我就不用這麼費勁了，直接把你往上一交，多方便。」

姜虎哈哈大笑，掏出一把手槍，說：「那傢伙要是有我們這樣的身手，還真不太好抓。就憑我手裡這性能優良的M9手槍，只要讓我逮著他，保證他長了翅膀都飛不脫！」

丁會說：「我這些天並不是自己活動，還有兩個人和我共同行動。」

姜虎奇道：「是什麼人？」

丁會說：「一男一女，似乎是對情侶，都三十左右的年紀，男的叫田尋，長相一般，看上去不是練家子，但文物方面知識很豐富；女孩叫依凡，長得非常漂亮，而且身手不賴，不知道什麼背景。」

姜虎笑著說：「是嗎？那可真有意思，明天給我引見一下？」

丁會說：「行，明天晚上我要和他們去酒店調查，到時候我們四人一起行動。還有，上頭又多給我們撥了十萬活動資金。」

姜虎樂了：「太好了，趕快給我五萬，我身上的錢都快花光了。」

丁會說：「急什麼？等明天去銀行取。」

忽然丁會的手機響了，低頭一看，是條短信，丁會漫不經心地翻看內容，忽然臉色一變，手直顫抖。

姜虎不免問道：「喂，丁軍長，你怎麼了？」

丁會喘著粗氣，說：「我有個調查公司的朋友說剛才在金棕櫚夜總會看到一個人，很像我們要抓的『兔子』！讓我馬上去看看！」

姜虎一聽頓時渾身來了勁，馬上站起來：「那好，我們準備一下，馬上出發！」

兩人立刻回到屋裡，將手槍壓滿子彈，每人又帶了一個滿彈夾，換了身衣服。姜虎推出一輛400cc的摩托車，問道：「對了，叫上那兩個人嗎？」

丁會想了想說：「不用！情況緊急，也來不及通知他們。」

姜虎說：「我也這麼想，省得和我們倆分賞金！」

兩人驅車直奔金棕櫚夜總會。

不多時，兩人來到金棕櫚夜總會斜對面的一個小飯館裡，剛進飯館，就見前些天在酒吧認識的小莉和另一個小夥正焦急地坐著。小莉見丁會來，連忙站起來說：

第十三章　狹路相逢

「丁哥，這是我男朋友，他剛才做調查的時候看見你給我發的照片那個人了，長得很像！」

丁會說：「是嗎？有多久了？」

小莉身邊一個戴眼鏡的小夥說：「有一個多小時了，我們一直在這兒盯著，沒看見他們出來。」

姜虎問：「對方有幾個人？大約什麼樣？」

小夥說：「有五、六個人，除了照片上那人之外，餘下的都挺壯實的，穿戴也很闊氣。」

丁會握了握小夥的手，說：「兄弟，謝謝你和小莉，我們在這兒看著他，你們快回去吧。明天我請你們吃飯！」

小莉說：「那你們小心點。」

四人走出飯館，小莉和她男友剛要離開，這時從夜總會裡出來幾個人，其中兩個還各摟著年輕漂亮的女孩，為首的嘻嘻哈哈來到一輛嶄新的豐田霸道汽車面前，拿鑰匙去開車門。

小莉一見這些人，險些叫出聲來，低聲對丁會說：「他們出來了！」

丁會一看開車門的那個人，缺了半邊眉毛，脖子邊還有一道傷疤，頓時渾身的血液湧上大腦，真是得來全不費工夫！姜虎下意識地就要掏槍，丁會一攔他，小聲說：「先別動，這人不認識我們，別驚動他，一會兒跟著他的車走。」又告訴小莉和她男友快快離開。

兩人站在路邊假裝聊天，姜虎身體半掩在一輛汽車身後，悄悄掏出手機，用五百萬畫素的攝像頭將幾個人尤其是為首那人清楚地拍了下來。那傢伙剛打開車門，旁邊一個摟著女孩蠻腰的人無意中向對面瞥了一眼，忽然臉色大變，指著姜虎道：「姜……姜虎！怎麼是你？」

姜虎抬頭一眼，也吃了一驚：「老彪，你什麼時候出來的？」

為首那傢伙見狀，警覺地問：「怎麼回事？他是誰？」

那被稱為「老彪」的人驚恐地道：「大哥，他……他就是當初打斷我腿，把我送進監獄的那個人！」

幾人聞言，神色聳動，老彪又問：「你……你怎麼到珠海了？」

姜虎神色緊張，言詞閃爍地說：「我來……珠海找一個朋友。」

為首那人聽後，「哦」了一聲，慢慢地打開車門，右手伸進車裡，忽又閃電般地伸了出來，手裡卻多了把手槍，他猛然開火，火舌在夜空中顯得格外刺眼，震耳欲聾的槍聲把那兩個小妞嚇得高聲尖叫，捂耳蹲在地上縮成一團。姜虎連忙低頭躲避，子彈貼著頭皮而過，將身後小飯館的大門玻璃打得粉碎，丁會推開姜虎拔槍還擊，灼熱的彈殼在地上來回跳躍，對面兩個人身體猛地痙攣，隨即倒在地上。

老彪也舉槍扣動扳機，與為首那人雙槍同時朝街對面瘋狂亂射，丁會與姜虎被火力壓制得有些抬不起頭，兩人都躲到街邊的汽車後面，汽車的擋風玻璃和車身頓時被子彈射成了篩網。

姜虎靈機一動，轉身趴在地上從汽車底盤下向對面望去，只見一雙雙腿在亂走，他毫不猶豫，平端手槍向這些腿就射擊，只聽哎呀連聲，老彪和另兩人小腿中彈跪倒在地，姜虎再補幾槍，分別擊中了對方的腰、背和大腿等處，三個人也沒動靜了。

那為首的見手下全都見了馬克思，再也無心戀戰，他連開幾槍，一頭鑽進了豐田汽車裡發動引擎。姜虎和丁會見他想開車逃走，忙站起來朝汽車猛烈射擊，車前玻璃被打得支離破碎，汽車原地劃了個半圈，四輪驅動的輪胎急速轉動，在地上刮出一道白痕，帶著一道濃濃白煙，向公路瘋狂駛去。

姜虎和丁會連開數槍，也只是將後擋風玻璃多打幾個洞，汽車漸開漸遠，丁會火冒三丈，急得叫姜虎：「快追！」

兩人跨上摩托車急加油門，摩托車後屁股也冒著白煙，嘶叫著疾馳緊追。

這個區域是珠海市比較繁華的地區，大酒店、賓館等豪華場所相對集中，各種霓虹燈把道路照得如同白晝。

兩人驅車直追，姜虎用力擰動油門，摩托車幾乎加到了最大速度，在車流及人群中左右穿越，丁會坐在後面扯著嗓子大喊：「讓開，都讓開！」嚇得一些行人高聲尖叫，四散逃避。姜虎一邊加油門，一邊狂按喇叭，還是不小心刮倒了一輛賣玩具的小推車，車上的各種絨布玩具滿天亂飛。街邊停著的兩輛警車見狀馬上拉響警報，閃著頂燈也追了過來。

第十四章　逃脫

姜虎漸漸看到了前面的豐田霸道汽車，只見那車瘋狂急速前進，不時還響起刺耳的煞車聲，想穿過小路甩開追兵。但汽車畢竟沒有摩托車靈活，三拐兩拐，兩車就只有不到五十米的距離了，豐田汽車明顯有些慌不擇路，一拐彎衝上立交橋，姜虎一打方向盤，也跟著上了橋。坐在車後座的丁會衝姜虎大叫道：「不能上橋，汽車太多，會被擠下來！在橋下追！」可摩托車的速度太快，丁會的聲音完全被引擎轟鳴聲所掩蓋。

立交橋上車水馬龍，汽車一輛挨一輛，有條不紊地高速行駛著，豐田霸道汽車一上橋就劃著S型在車流中穿梭，橋上立刻亂了套，為躲避豐田汽車，其他的車或轉向、或減速，或躲閃不及，「叮叮咣咣」地撞在一起，撞擊聲、喇叭聲、玻璃破碎聲此起彼伏，有的車後擋板都被撞掉了。開豐田那傢伙顯然也是個駕駛高手，雖然車身被撞得傷痕累累，卻還是在車流中衝出了一條血路，從立交橋的下坡開下來，順西面大道直奔江邊而去。

摩托車在下坡的時候，還是被撞成一堆的汽車給擋住了，姜虎不得不停下車，丁會氣得用力捶了他一下，叫道：「叫你別上橋的，現在怎麼辦？」

姜虎也急得腦門見汗，回頭一看，兩輛蜂鳴的警車也已趕了上來，想調頭是不行了，姜虎四處張望，忽然眼前一亮，只見一輛雪佛蘭轎車的後擋蓋被撞掉了，斜支在後車廂上，而且汽車還靠近立交橋邊，正是一個簡易的跳板，想到這裡，姜虎向後撤了十幾米，大聲說道：「坐穩了！」

丁會還沒明白怎麼回事，剛要張嘴問，摩托車猛地向前一躥，丁會差點沒從後座上掉下去，連忙抱住姜虎的腰，摩托車向雪佛蘭轎車飛速開去，就在前輪快要碰到雪佛蘭車後擋蓋的瞬間，姜虎用力一抬車把，摩托車前輪順著後擋蓋衝上了雪佛蘭的車頂，越過護欄斜著從立交橋上飛了出去，好似馬戲團裡的飛車表演，飛出足有十多米遠，落地的時候「咣啷」一聲，火花四濺，減震器險些沒墩斷了。

丁會只覺全身猛地一震，渾身的兩百多塊骨頭好像瞬間都散了架。

摩托車晃了晃，好在品質不錯，還能開動，姜虎定定神，加大油門向江邊大橋追了過去。前面的豐田汽車顯然也從後視鏡裡看到了這一幕，也連忙提速向江邊大橋駛去。剛才在鬧市區裡躲閃不便，豐田汽車才差點被摩托車追上，眼下到了人車稀少的寬闊大橋上，性能良好的豐田汽車才顯現出了速度上的優勢，兩百多公里的時速是普通摩托車根本達不到的，不到二十秒鐘，兩車又拉開了一百多米的距離。

第十四章　逃脫

丁會急得掏出手槍，不由分說地就向遠處的豐田汽車「砰砰」射擊，姜虎大叫：「太遠了，打不準！」丁會哪裡肯聽，手中槍連噴火舌，一轉眼已開了十幾槍，說來也巧，該著這豐田汽車倒霉，有一槍正打在豐田汽車的左後輪上，豐田霸道癟了一個輪子，再霸道也不行了，高速行駛的汽車頓時猛地向右一歪，撞斷大橋邊的不鏽鋼護欄直衝江面，噗地一聲水花四濺，汽車扎進江裡。

姜虎和丁會駛上江邊大橋，停在被撞壞的護欄處，眼看著豐田汽車冒著水泡慢慢沉入江中，丁會急問：「怎麼辦？」

姜虎急紅了眼：「不管那麼多，跳下去揪出來再說！」兩人剛欲下水，只聽遠處警笛大作，放眼一看，只見從西、南兩面各開來數輛警車，往江邊駛來。姜虎暗叫不好，連忙招呼丁會上車，丁會說：「不行，好不容易才找到他，就這麼錯過了？這傢伙淹死了怎麼辦？」

姜虎說：「我們現在要是跳下去，肯定會被員警抓住，沒有別的辦法，這傢伙很是狡猾，估計這種情況難不倒他，先脫身再說，再向長安城報告！」

兩人上了摩托車，一加油門順大橋往西逃去，轉眼間隱沒在夜色之中。

幾輛警車趕了上來，十幾名員警先封鎖了橋頭，一面忙著用對話機和總部聯絡，一面安排打撈江裡的汽車，忙成一團自不必說。

次日《珠江日報》頭版頭條標題：「金棕櫚夜總會槍擊案五人死亡，嫌犯駕車掉入江中，打撈無蹤影！」珠海是中國最早的沿海經濟特區之一，開放程度比較高，在利益的刺激之下，經常會有一些黑社會性質的犯罪團夥出現，但由於當地法制嚴格，因此像槍擊案之類的事情極少發生，這新聞一上頭條，《珠江日報》當日的銷量頓時增加了兩成，一時間大街小巷議論紛紛。

丁會和姜虎躲在郊區的小平房裡，丁會翻看著報紙，姜虎則躺在椅子上吐煙圈。

丁會說：「我說姜軍長，這傢伙還真如你猜的那樣金蟬脫殼跑了，不過咱倆也是竹籃打水，還有必要向長安城彙報嗎？」

姜虎說：「有沒有必要昨晚也彙報完了，至少咱們還遇到人了，比其他人都強。」

丁會說：「昨晚沒來得及問你，那個叫什麼老彪的，你認識？」

姜虎點點頭：「這傢伙七年前拖我一個好朋友下水倒賣白粉，後來事發，他把我那朋友當做替罪羊拋出去自己跑了，我朋友糊裡糊塗地被判無期，他老娘因此也被氣得一命歸西。我花了半年時間找到這個王八蛋，打斷了他一條腿，半夜裡將他吊在公安局的大門口。後來聽說他被判了二十年，可沒想到這才七年，怎麼就放出來了？唉，也算是這『兔子』命大，要不是老彪認出了我，昨晚咱哥倆肯定能摸到他的老窩，殺個雞犬不留！」

第十四章　逃脫

丁會說：「得了吧，他只是和我們要找的『兔子』長得很像，還不一定就是他呢！」

姜虎說：「管他是不是，等東家回了消息就知道了。」

丁會說：「昨晚這麼大鬧，珠海的交通肯定會嚴加管制，這傢伙一時半會兒倒也逃不出珠海去。我倒是挺擔心小莉的，如果把她牽扯進來可就不好了。我就怕員警在調查的時候，那家小飯館會把小莉當成嫌犯供出去。」

姜虎也點點頭，剛要說話，丁會的手機響了，看號碼丁會又緊張了：「是上頭！」

姜虎忙說：「快接啊！」

丁會接通了手機，聽筒裡仍然是那個低沉的聲音：「丁會，長安城東家來消息了，昨晚你傳過來的照片已經過東家核實，你們追的那個人就是『兔子』。」

「啊？那……那我們現在該怎麼辦？」丁會激動得手直哆嗦。

「你們現在暫時不要活動，目前珠海的機場、火車站和汽車站都有員警排查，『兔子』倒是逃不出去，不過就怕他向南溜往香港和澳門等地，你們現在就待在家裡，不要拋頭露面，等待東家的人去了珠海，會通知你們共同行動。你的手機號碼已經暴露不能再用，從現在開始你必須將手機關掉，如有動作，我們會和姜虎聯繫。另外，你們通知田尋他們，讓他們三人儘快趕回西安。」說完電話掛斷了。

姜虎激動地問：「東家怎麼說？咱們碰著的是不是正主？」

丁會點頭說：「對，那人就是『兔子』。東家說讓我們按兵不動，等東家的援兵來珠海後，一起出動。」

姜虎興奮得在屋裡直轉圈：「這下可好了，可以大幹一場了！對了，還有賞金呢，哈哈哈！」

丁會抽著煙，自言自語地說：「田尋他們只有兩個，怎麼上頭說有三個？」

姜虎拿出手槍熟練地卸下套筒拔出槍管，再倒出複進簧、取出撞針，手槍轉眼間變成了一堆零件。他用軟布仔細擦拭每個零件，邊擦邊說：「這M9就是好用，昨晚我一共開了七槍，沒放一次空槍。哎，我說丁軍長，這麼大的好事你怎麼反倒沉著住氣了？」

丁會淡淡地說：「我不像你，一提打架後腦勺都能樂開花，我完全就是為了錢，只要能拿到獎金，別的我都沒任何興趣。」

姜虎哈哈笑道：「沒錯啊夥計，你說得對，我們為了什麼？還不是為了那一百萬？等事情成功了，咱們可真就成了軍長了，到時候我多分你點，我做軍長，你做司令，怎麼樣？哈哈哈！」

丁會哼了一聲：「你以為你是坐山雕，隨便就給我個上校團副當當？」

姜虎笑道：「有了錢，就算真給個上校團副我還不要呢！」

丁會說：「你別忘了，我們真得了錢，得先接濟一下咱們那些死去的戰友的貧困家屬。」

姜虎說：「那是自然，你就放心吧。」

第十四章　逃脫

丁會給田尋打了電話，轉告上頭的意思。

田尋和依凡商量，依凡卻不同意立即回西安，一定要抓到「兔子」。

林小培在自己的房間裡轉來轉去，看著田尋和依凡在另一個房間祕密談話，把自己完全當成了外人，心裡非常惱火。她跟來珠海之後，一連半個月就是在屋裡待著，或者出去逛街，田尋和依凡的行動根本不帶她去。

自從她告訴父親自己跟田尋來了珠海，林之揚幾乎每天都要打無數個電話催她回去，還不遠千里派人找到賓館，準備強行接她回家，可每次她都把來人罵跑，再不行就用餐刀以死相威脅，當然她是不會自殺的。她打定了主意，非要知道田尋和依凡來珠海的目的不可，否則絕不回家。

這天中午剛吃過飯，丁會和姜虎正在屋裡看電視。丁會說：「老姜，我實在是放心不下小莉，我得給她打個電話問問。」

姜虎聞言馬上說：「不行！上頭不是下令了嗎？你的號碼不能再用了。」

丁會說：「那我用你的電話打。」

姜虎連連擺手道：「得了，你是我爺，我可不幹，這個號碼要是再讓警方給監聽了，那我們可真就白玩了。」

丁會還要說什麼，突然看到電視裡正在播放：「現在播送午間新聞：珠海市公安局於昨日正式發佈二〇〇七年第四號通緝令。通緝令全文如下：犯罪嫌疑人丘立三，綽號『老三』，男，漢族，三十七歲，籍貫四川省綿陽市人，身高一米七七至一米八，身形偏瘦，前額略禿，左脖頸處有一道刀疤，缺右側眉毛。」

姜虎脫口而出：「是『兔子』！」丁會一伸手示意他別說話。

電視裡繼續播道：「該嫌疑人曾在雲南馬關服役十四年，於一九九五年犯搶劫罪入獄五年，二〇〇一年又因團夥搶劫罪被判處有期徒刑十一年，後因保外就醫出獄。二〇〇七年五月十六日晚，該嫌疑人逃至珠海，在金棕櫚夜總會與不明身分的人發生槍戰，隨後逃逸。現珠海市公安局懸賞人民幣十萬元緝拿該嫌疑人，提供可靠線索者獎勵人民幣五萬元。珠海市公安局刑事通緝處二十四小時舉報電話：400-1119-

1119。」

兩人互相看了看，姜虎說：「咱們倒成了不明身分的人了，不過還好警方沒找到我們。」

丁會想了想，說：「為什麼警方只通緝這傢伙，卻沒提我倆的事呢？」

姜虎撓了撓腦袋，說：「可能那姓丘的壞事幹得太多，名聲在外了吧？」

丁會說：「這只是一方面，我估計可能是西安東家那邊活動了關係，所以警方才對丘立三特別關照，這樣我們就成了次要人物。不過這下我也放心了，至少說明小莉沒被牽扯進來。」

姜虎也點點頭，又問：「你說這東家到底是誰，這麼手眼通天？」

丁會搖了搖頭：「不知道，不過我猜肯定不是什麼正道的，否則他完全可以報警，可他放著人民警察不用，卻暗中佈置眼線、雇傭殺手。」姜虎也同意這個看法。

正在這時，姜虎的手機響了，姜虎一驚：「肯定是上頭，我這個號碼除了田尋，沒有別人知道。」連忙接通電話。

「姜虎，據線報，『兔子』可能會在珠江江邊一帶行動，尋找機會偷渡至香港、澳門等地。你們倆的身分現在暫時沒有問題，不過白天還是儘量不要拋頭露面。晚上你們多到江邊碼頭附近活動，如遇可疑情況馬上報告，東家派的人馬上就到珠海，你們最好能在員警得手之前抓住『兔子』，越快越好！」姜虎連忙答應。

電話掛斷了，姜虎和丁會兩人又開始檢查手槍，帶上匕首，開始睡覺，準備養足精神，晚上去江邊碼頭。

田尋三人正在賓館裡看電視，依凡說：「今晚也沒什麼事，我倆不如去找丁會和姜虎他們吧！」兩人商量好後剛要走，林小培卻堵在門口，說：「今天你們去哪兒？我也去。」

依凡說：「我的好妹妹，我們是要去辦正事，很危險的，妳不能跟著去。」

林小培怒道：「我不是來給你們看家的，今天必須帶我去，否則我就失蹤給你們看！」說完，把餐桌上的刀叉、碟碗都掀翻在地，那專門伺候林小培的六人小組立刻派服務員過來收拾殘局。

田尋見她又來了大小姐脾氣，也不和她對著幹，說：「那我們也不去了，就在家陪妳看電視。」

林小培反而傻眼了，她眼珠轉了轉，說：「好了好了，我不跟你們鬧了，你們走吧！」

第十四章　逃脫

田尋笑著說：「這才乖嘛，好好在屋裡待著，天晚了，不要出門去玩。」

兩人出賓館乘計程車向拱北駛去。

夜色茫茫，到了拱北以西丁會和姜虎藏身的平房後，田尋剛要伸手敲門，卻聽有人在路邊叫：「我來啦，看你們還想甩掉我！」

兩人一驚，回頭看卻又是林小培。田尋氣得半死，說：「妳怎麼又跟來了？」

林小培得意地說：「你們想不帶我玩，我自己跟來還不行嗎？」

依凡勸說道：「妹妹，我們不是來玩的，是有很危險的任務要做，妳快回去吧！」

林小培一聽有「危險的任務」就更好奇，說什麼也不回去。田尋沒辦法，只好先去敲姜虎平房的門。

丁會迷迷糊糊起身，警戒地從窗縫向外看，卻是田尋和依凡，開門後進來三個人，除了他倆之外，還有一個更年輕的女孩。丁會有些不悅，心想你這小子也太過分了，怎麼又帶來一個女孩？連忙問是誰，田尋說：「她也是我們行動的一員，今天特地來看看你們的。」

第十五章　碼頭夜探

姜虎也醒了，說：「上頭有命，讓你們兩……你們三個儘快回西安，你們怎麼還不走？」

依凡說：「姜大哥，自從丘立三露面之後，我們的線索就多了起來，在這節骨眼上，我們怎麼能回去呢？」

姜虎無奈，只得說：「那好吧，我和老丁商量過，今晚準備去珠江碼頭看看，你們也去嗎？」

依凡說：「太好了，我們也要去！」

丁會說：「你們有武器嗎？」田尋搖搖頭。

姜虎說：「那你們可要小心行事，儘量跟在我和老丁身後，注意保護自己。」

林小培從小就在林之揚和林振文照顧中長大，過的都是衣來伸手、飯來張口、前呼後擁的日子，哪裡見過這種情形？雖然心裡有些害怕，卻也感到從未有過的興奮，臉蛋都漲紅了，她悄悄問田尋：「我們是要去幹什麼？抓小偷嗎？」

田尋說：「算是吧，妳儘量少說話，跟在我後頭，自己不要亂跑。」林小培使勁

第十五章　碼頭夜探

點了點頭。

五人趁著夜色去街上叫計程車。姜虎把田尋拉到一邊，低聲說：「田兄弟，這個年輕的小姑娘似乎跟依凡不同，她不會功夫吧？」

田尋說：「不會，而且還比較任性、愛發大小姐脾氣。」

姜虎有些不快：「我說田兄弟，你這不是自討苦吃嗎？從哪兒找來這麼個姑奶奶？」

田尋搖搖頭說：「這裡面有不得已的苦衷，但有一點我很清楚：她的身分十分重要，如果她有了什麼閃失，你和我都得倒大霉。」

姜虎苦著臉，嘆了口氣。這時丁會叫了輛計程車過來，五人上車從拱北順著昌盛路前行一段後再折向南，一直來到筷子基北灣。

這裡是珠海的最南端，江對面就是澳門。茫茫夜色籠罩之下，隱隱可見岸邊停著一排排的汽艇、漁船和機輪。江中立著高大的燈塔，航標燈若有若無地亮著，海岸員警的「山貓」式追截摩托艇在遠處的水面靜靜地來回游弋，嚴防有人從此偷渡到對面的花花世界。但再嚴密的防守也有漏網之魚，每年都有逃犯、偷渡者、毒販或文物販子由此逃到了澳門，當然不是在員警嚴密把守的地區，而是看管相對鬆懈的海面。一些人經常偽裝成漁船、客輪，或貨輪，偷偷地往澳門溜達。

五人下計程車來到碼頭岸邊，左右轉了幾圈。林小培緊緊抓著田尋的手，小聲問：「這是什麼地方？黑咕隆咚，怪怕人的。」

田尋說：「這是珠江碼頭，是珠海通往澳門的邊境。」

丁會低聲對姜虎說：「這裡是邊境，咱幾個在這兒鬼鬼祟祟的，別讓員警當成嫌疑犯給抓起來。」

姜虎看了看周圍說：「沒事，這裡不像碼頭上防守那麼嚴密，我們只要不開船往江對面衝，就沒人會管。」

丁會說：「我看那邊有幾個守船的在喝酒聊天，我們過去探探情況。」

丁會讓田尋他們三人守在原地，他和姜虎往碼頭邊的那排小房子走去。

幾個看守漁船的人正在圍著個小桌子喝酒、吃海鮮，見丁會和姜虎兩人靠了過來，連忙停住談話，神色有些警覺。

姜虎笑著說：「哥幾個，真悠閒哪！」

其中一人打了個酒嗝，問道：「你……有什麼事情？」

姜虎說：「不瞞你們，我們倆是國際刑警，來碼頭巡察情況的，最近有一個偷盜文物的嫌疑犯逃到了珠海，警方懷疑他會由此逃到澳門，特令我們前來查看查看。」

幾個看船人一聽，登時神情肅穆起來，珠海地處沿海，情況複雜，經常有各種執法人員匯聚於此，再加上姜虎和丁會身材高大，氣質不同於普通百姓，不由得都信了。有個小夥子拉過小板凳招呼姜虎坐下，姜虎也不客氣，一屁股坐在板凳上，接過另一人遞上的啤酒喝了口，和眾人聊起天來。

一人問道：「員警同志，你們要抓的那個人，是不是就是昨晚電視播的那個什麼『老三』呀？」

姜虎點了點頭，正色道：「不錯，就是他，凡是提供線索者，警方給予五萬到十萬元人民幣的賞金。你們有知道的嗎？」

幾個人都搖了搖頭，那小夥子笑著說：「員警大哥，我們哪有那個福氣呀？十萬塊？我得辛苦好幾年啊！」

丁會說：「那可不一定，這小子想逃到澳門去的話，肯定會經過碼頭，說不定就能讓你們給碰上呢！」

眾人大樂。

姜虎說：「有什麼可笑的嗎？什麼事情都有可能，有幾個人生下來就是富翁，對不對？」

小夥子笑著說：「大哥，我們不是笑沒有錢花，是笑你們來錯了地方。」

丁會問：「為什麼？什麼意思？」

小夥子說：「這個碼頭的邊防，在珠海市也算是相當嚴的了，那逃犯就算是真想逃，也不可能挑這麼個硬骨頭碰不是？你看那漁船，晚上根本不讓出岸，客輪也不走這個碼頭，只有貨輪才被允許晚上行駛，但貨輪的碼頭都在東面的萬順碼頭那邊，這裡根本沒有。你看這岸邊，有一艘貨輪嗎？」

姜虎和丁會恍然大悟，連忙道謝，又問了萬順碼頭的方位。眾人重新會合後，乘計程車又往東面而去。

一轉眼來到了東岸碼頭。果然，這裡的岸邊停的都是大大小小的貨輪，每艘貨輪在經過碼頭時，都要通過一個大閘門似的關卡，裡裡外外地搜查一遍，才可往南岸通行。荷槍的邊防員警三三兩兩地在閘門口來回踱步，顯然在通緝令下達之後，這裡加強了警衛。岸邊不時有運貨的大掛車拐進碼頭停下，往貨輪上裝貨，準備運往澳門。

丁會小聲對姜虎說：「姜軍長，這麼多員警，就算『兔子』在這裡出現，也輪不到我們下手了吧？人家早就抄傢伙上了。」

姜虎撇了撇嘴，說：「說的是。先待在這兒看看虛實，再做打算。」說罷掏出一柄小巧的軍用望遠鏡，仔細地察看碼頭上的動靜。

丁會站在拐角點了根煙，忽聽姜虎邊看邊說：「丁軍長，這醫院怎麼也有船晚上開往澳門？」

第十五章　碼頭夜探

丁會說：「胡扯吧你，醫院怎麼會有船開往澳門？」

姜虎說：「不信你過來看！那岸邊停著的那艘船。」

丁會接過望遠鏡看了一下，說：「咦，奇怪，還真是醫院的船！」

田尋接過望遠鏡看了看，說：「這不是醫院的船，船上寫著英文：FUNERAL OF ZHUHAI，這是珠海市殯儀館的船。咦，殯儀館的船大半夜出海幹什麼？難道是來海葬的？」

依凡說：「得了吧，海葬也沒有大半夜出來的，什麼也看不見，對啊，殯儀館的船晚上去澳門幹什麼？」

林小培聽他們說什麼「殯儀館」、「海葬」，心裡有點發毛，想問田尋又怕他笑話自己，強自忍住。

丁會繼續用望遠鏡看著，說：「澳門……人體醫學……研究所，那是什麼意思？」

田尋一聽明白了，說：「我知道了，這是從珠海市殯儀館往澳門人體醫學研究所的運屍船。」

丁會和姜虎都嚇了一跳：「什麼，運屍船？」

田尋說：「對。你們看過屍體模型展覽嗎？知道醫科大學裡有人體解剖課吧？這些屍體從哪兒來？澳門那彈丸之地，哪有那麼多死人可供解剖和製作模型？所以就不定期地從珠海、汕頭等地的殯儀館裡，收集那些沒有人認領的無主屍體運到澳門。懂了吧？」

姜虎和丁會張大了嘴，點了點頭，都稱讚道：「田兄弟，你還懂得真多，你是怎麼知道的？」

田尋說：「我有個朋友就是專門做屍體模型展覽的藝術家，這些運屍船不但開往澳門，連香港和台灣也有。而且這運屍船最不吉利，出海的人都非常迷信，最怕不吉利的東西，因為他們怕翻船。這運屍船就更不吉利了，因此很少有人願意做這船的船長和船員，據說這運屍船的普通船員薪水比一個大學教授都多，可還是沒有幾個人願意幹。別說船員了，連搬運工都不愛搬這船上的貨，檢船的也不愛檢這船上的東西，怕染上晦氣。」

聽了田尋的話，幾人都頻頻點頭，林小培嚇得身子微微發抖，說：「田尋，我……我怕……」

姜虎和丁會看著這個嬌滴滴的小姑娘，心裡更是不快，暗想這麼重要的任務，你竟帶了個千金小姐跟來，真是胡鬧。

卻聽依凡說：「這運屍船的性質如此特殊，如果我是丘立三，我就會選擇藏在這條船上，逃到澳門去！」

第十五章　碼頭夜探

她的話驚呆了其他人，丁會說：「依凡說得很有道理。」

依凡又說：「那咱們是不是考慮怎麼行動了？」

姜虎看著依凡，說：「妳不會是……是……想去船上看看吧？」

依凡回頭看了看遠處碼頭上的運屍船，說：「當然了！這麼好的機會怎麼能錯過呢？」

姜虎把頭搖得像撥浪鼓：「妳真瘋了！這地方可不去，我他媽這幾年就夠倒霉的了，幹什麼賠什麼，這種觸霉頭的事我可再也不碰了！」

丁會也不同意，說：「這船雖然特殊，但那丘立三想混進船裡也不太容易，他又不是死人，怎麼進船？」

依凡看著田尋，眼神徵求他的意見。田尋其實也不想接近這種船，於是默不作聲。林小培在一旁早嚇得渾身發抖：「你們別去那什麼……船啊，我可害怕死人！」

依凡舉望遠鏡邊看邊說：「這船是很不吉利，你和我都打心眼裡不願意碰它。不過咱們換個位置想一想，如果你是丘立三，一面被員警通緝、一面被人追殺，走投無路之下，是不是哪怕有半點希望能逃走，也要試試？你看這運屍船靠在岸邊，沒有燈光，也沒人走動，顯然是艘還沒有裝貨的空船。即使這樣，那些搬運工在路過的時候都繞著走，邊防員警三五成群地巡邏，也不往這邊走，他們也都怕染上晦氣。南方人尤其是沿海人迷信思想還很重，對這個尤其忌諱，如果我是逃犯，這艘船不管怎麼說也是個最合適的躲藏之地。」

姜虎還是不同意：「得了吧你，就算我是逃犯，我也不上這船！早晚倒霉撞上警察！還不如讓警方給逮住的好。」

這時丁會說話了：「我同意依凡的說法，咱們就去船上看看！」

姜虎瞪著他說：「老丁，你的立場也太不堅定了，這麼快就倒戈了，你就不怕倒霉？」

丁會哼了聲說：「你怕倒霉？得不到賞金才是最倒霉的。我決定了，你不去是不是？那我們去！」丁會把望遠鏡塞給姜虎，做勢欲走。

姜虎急了：「你們真去啊？這不是逼我嗎？」

丁會面無表情：「去不去你自己拿主意，我不逼你。」

姜虎臉色難看至極，正在痛苦抉擇之時，卻聽得遠處大閘門附近一陣騷亂，邊防員警聞聲，立刻往騷亂處跑去查看，一些沒活的搬運工也都去看熱鬧。丁會豎起耳朵聽了一會兒，順著風向，隱隱約約聽見有人大聲喊叫：「每次都弄得亂七八糟……賣不出去……可不可以輕點……我賠不起……」

田尋邊聽邊說：「好像是檢船的員警把船上的貨碰亂了，船主有些不高興。」

依凡看了看周圍，說：「員警和搬運工都去那邊了，現在這裡半個人也沒有，正是好機會，我們快上船！」

姜虎都快哭了：「我說丁司令，你真要去啊？」

依凡對田尋說：「田尋，你帶林小姐回賓館，我和兩位大哥去船上看看！」

田尋說：「妳開什麼玩笑，讓我回去？妳帶她回家，我去！」

依凡說：「那讓她自己回去吧！」

林小培連忙說：「你們可別丟下我啊，我害怕……」

丁會忍不住了，說：「田兄弟，不是我說你，這種時候你怎麼能帶一個軟弱小姐來？這不是瞎胡鬧嗎？」

沒想到林小培卻生氣了：「喂，大個子，你說誰是軟弱小姐？」

丁會一愣，田尋忙說：「行了，妳別又亂發脾氣！」

林小培說：「我決定跟你們去，你們都不怕，我怕什麼？哼！」幾人都大感意外。

這時遠處的邊防員警又一陣騷亂，丁會舉起望遠鏡一看，原來船主跟員警大吵了起來，場面比較混亂。

丁會說：「好機會來了，我們快走！」說完向碼頭邊的護欄直跑過去。

姜虎、田尋、依凡和林小培也在後面緊跟。探照燈的光柱左右掃射，幾人蹲在貨櫃的角落，等探照燈剛掠過，馬上貓著腰跑到護欄邊翻過，又從江邊堤壩跳下，移動十多米的距離，來到那個小鐵皮房跟前，此時探照燈又掃過，幾人連忙蹲下，等光柱剛移開又馬上起身，腳踩著欄杆跳到運貨鐵橋上，橋盡頭就是靜靜停靠的運屍船，幾人抓著船欄杆翻進甲板。

林小培雖然最年輕，但論身體素質卻大不如田尋和依凡，更別說和丁、姜二人相比了，這段距離下來，已經是氣喘吁吁，頭上見汗。

丁會來到貨艙門口，只見艙門大開，裡面漆黑一片，藉著碼頭邊的燈光，看到貨艙裡面都是一層層的隔板，至少有三十幾個，不用說都是用來存放屍體的。

幾人貓腰進了船艙裡，一股刺鼻的消毒水味迎面而來，讓人渾身發毛、不寒而慄。林小培不敢進去，只在貨艙門口站著發抖。

丁會端槍在手，把每個隔板都仔細搜索一遍，還不時掀開上面的白布，看底下是否有人躺著。姜虎打架天不怕地不怕，卻偏怕鬼，他跟在丁會後面左顧右盼，生怕黑暗中會突然跳出來什麼東西咬他一口。

搜索了一大圈，能躲人的地方都翻過了，連半隻蟑螂都沒找到。姜虎捂著鼻子，聲音發抖地說：「丁司令，這裡也沒多大空間，就是有人躲著咱們也能看見了。現在可以撤退了吧？」

丁會沮喪地嘆了口氣，幾人剛要離開，遠處燈光掠過，一輛汽車開過來，停在碼頭邊。姜虎連忙用望遠鏡看，見是一輛白色的封閉式貨車，車門上畫著黑色粗條，不由得低聲叫了起來：「不好，殯儀館的車來了！我們快走！」

幾人連忙跑出艙門，剛想跑到運貨鐵橋盡頭，卻見探照燈又掃了過來，幾人連忙後退幾步，想等燈柱繞過後再走，可兩道燈柱在鐵橋上交叉停下不動了。原來這是碼頭上的規定，每次運貨車往船上裝貨，探照燈都會用燈光指路，同時也有監督搬運情況的意思。

大家暗叫不好，無法從鐵橋上通過，就只能跳進水裡離開了，丁會問田尋：「你們三人會游泳嗎？準備跳水！」

田尋自毗山回來後就學會了游泳，依凡也點點頭，林小培體弱，讓姜虎扶著準備下水，卻見探照燈開始朝兩人附近晃動，明顯是聽到鐵橋上有聲音。

丁會連忙低聲說：「快回去！」幾人快步又跑回了船艙裡。

鐵橋上腳步聲蹬蹬傳來，隱約見兩個白色人影抬著東西走來，幾人只好走到船艙的最裡面，這裡有個巨大的鐵皮櫃子，打開見裡面除了有兩個小型液化氣罐之外，空空如也，五人連忙鑽進櫃子裡。

第十六章　運屍船

腳步聲越來越近，船艙裡手電筒燈光左右亂搖，似乎有人把什麼東西抬進船艙，又搬上隔板、蓋上塑膠布。聽得一個人說：「快點搬，今天這些東西特別晦氣，都是他媽的橫死的，趕快幹活，回家用桃葉泡水洗個澡。」

接著又陸續進來十幾次，至少抬進來二十幾具屍體。往外走時，聽那人又道：「這是最後一趟了，外邊那些邊防員警怎麼這麼煩人？一個勁地催我們快點快點，他媽的。」

又一個人說：「你們知道嗎？這五個橫死鬼就是四天前在金棕櫚夜總會槍擊案裡死的那五個！聽說是和仇家碰上，都讓人給打死了。」另一個人接口道：「珠海近幾年還真很少有這類槍擊案，聽說打得可激烈了。」先前那人又說道：「你說怪不怪？今晚這些屍體怎麼有輕有重呢？」幾人邊說邊走出船艙，緩緩關上沉重的艙門，艙內頓時死一般地漆黑寂靜。

五個人躲在鐵皮櫃裡，外面的對話聽得清清楚楚，丁會和姜虎暗想，真是太巧了，四天前親手打死的老彪等五人今天居然能在運屍船裡碰到，可稱上無巧不成書。

第十六章　運屍船

幸好這幾個死鬼不知道我們也在這兒，否則還不得陰魂不散，起來掐死我們。現在只能等運屍船駛離碼頭後，才能再出船跳水、游回岸邊。

這時船身動了一下，汽笛聲響過，發動機低沉轟鳴，貨輪緩緩開動。田尋抱著林小培，把食指在她唇上輕輕貼了貼，示意她不要出聲。又過了幾分鐘，姜虎和丁會互相捏了捏手，示意可以離開，剛要推開鐵皮櫃門，忽然聽見櫃外有塑膠布響聲，五人嚇了一跳，林小培更是差點叫出聲來，田尋暗想：難道詐屍了？

塑膠聲響了半天，聽聲音像是在用力撕扯塑膠布。醫院為了防止傳染病，每具屍體都密封著數層塑膠布。緊接著停屍床一陣晃動，似乎有東西坐了起來，又聽「嗵」的一聲，有東西從上鋪跳到了地上。

姜虎隔著鐵皮櫃什麼也看不見，他嚇得大氣也不敢喘，心想：完了，肯定是老彪的鬼魂聞到了我和丁會身上的味兒，出來索命來了。姜虎渾身發抖，心中暗想：「千萬別來找我索命啊！」

林小培更是渾身不停顫抖，她捂著嘴、緊緊抱著田尋，眼淚都要流出來了。

姜虎心想：貨輪馬上就要過閘門了，不知道會不會有人進來檢查。正想著，聽得旁邊的鋪位上又有塑膠布的響聲，緊接著頭頂那邊也有聲音。丁會暗想完了，原來這一船貨都是活鬼，現在都起來了。塑膠布聲響了半天才停下，貨船裡原本寂靜無聲，忽然一個好像夜貓子似的聲音桀桀怪笑起來，嚇得幾人頭皮陣陣發麻。丁、姜二人緊握手槍，手心全是汗水，又聽一個聲音道：「老彪，你的命好苦啊，哈哈哈！」

接著又說道：「都起來吧？」

一陣亂響過後，坐起來好幾條人影，一片牢騷之聲隨即響起：

「他奶奶的，可悶死我了！」

「靠，差點真就變成死人了！」

突然，一個聲音罵道：「都給我閉嘴！」船艙頓時安靜了下來。這人又說：「等船開離檢查口就好了，一般情況下沒有人願意進運屍船的船艙，大家都老實點。如果有情況，聽我命令再開火！不管是誰，敢攔我們就打死他！到了澳門我們就到了天堂啦，哈哈哈！」眾人齊聲附和，然後是槍栓之聲稀嘩亂響。

有人低聲說道：「三哥，到了澳門，我想找個俄羅斯妞玩玩，行嗎？」

那人淫笑道：「行！你想玩阿拉伯妞都有！」

幾人心裡「咯噔」一聲，徹底明白了，這人並不是什麼活鬼，而是丘立三，他通過關係裝扮成死屍，想通過運屍船混過關卡逃往澳門。而且從聲音判斷，現在船艙裡至少有六、七個人，還都持有自動武器，現在動手無異於自取滅亡。只能暫時不動、靜觀其變。

依凡雖然膽大，卻也嚇得夠嗆，她緊緊抓著田尋的左手，身體靠在他肩上，田尋在黑暗之中也不忘占些便宜，側頭在她臉上吻了一下。

貨輪開了一會兒，忽然汽笛聲響起，貨輪慢慢停下來。聽得外面高倍擴音器傳出聲音：「報出船號、單位、目的地，出示通航許可證！」然後另一個擴音器聲音回應：「粵06244，珠海市殯儀館運屍船，去往澳門。」腳步聲蹬蹬響起，有人朝船艙走了過來，有人說道：「員警同志，這是運屍船，以前都不檢查艙裡的，我都不愛從那艙門口過，嫌晦氣，您還檢查嗎？」

另一個聲音說：「這幾天市裡有通告，要嚴查一個通緝犯，你打開艙門，讓我看一眼就行。」

那人道：「員警同志，那裡面黑漆漆的，可瘮人了，還有一股屍臭味，我勸您還是別看了。」

員警說道：「是嗎？我今天是頭一次上崗值班，怎麼也得盡點職責吧！」

那人說：「不是我不讓您看，這船艙裡不管是誰，只要接觸到，一個月之內都得倒霉，打麻將都不和牌！真的，我不騙您，不信您打聽打聽。」

員警奇道：「是嗎？你不說，我還真不知道這運屍船這麼晦氣。那我就不看了。走吧！」

幾人在鐵皮櫃裡聽得清清楚楚，都暗想，只要員警一放貨輪離開，這些人基本上就無法無天了，那就只能隨船到澳門碼頭，如果再被丘立三他們發現，恐怕五人性命也難保。

船艙裡一片漆黑，丘立三幾人都躲在艙門處，靜靜聽著外面的動靜。

五人藏身的鐵皮櫃很大，上面有兩組對開的鐵門，其中田尋面前的鐵門緊靠一側船艙，他悄悄推開鐵門，視線被一塊停屍板擋著。田尋心想：得想辦法弄出點聲響來，還不能讓丘立三他們發現。於是他慢慢伸出右臂，摸到停屍板上用塑膠布包裹著的屍體，暗暗用力往下推。

塑膠布很滑，外面又有人交談，丘立三等人也沒聽見屍體被推動，田尋左手捂住林小培的嘴，右手一用力，只聽「咕咚」一聲大響，屍體從停屍板跌落在地，發出非常大的響聲。

艙外那新來的員警剛要離去，聽到裡面有動靜，連忙問：「什麼聲音？好像從船艙裡傳出來的？」

那人忙道：「員警同志，您聽……聽錯了吧？這裡面可都是死人呀，哪裡會有什麼聲音？」

員警說：「我聽錯了？」

那人道：「可能是剛才船行得不穩，有死屍從停屍床上掉下來了，常有的事，常有的事。」

員警說：「你把艙門打開，我要檢查一遍，快點！」

那人還在強對付，蹬蹬蹬又跑來幾人，大聲喝道：「熄掉發動機，打開艙門！」

這人無奈，只得道：「好好，我打開，打開。」

艙外的旋轉把手吱扭扭慢慢擰動，艙門打開，雪亮的探照燈光柱照了進去，一名員警大聲叫道：「艙裡有人！」

話音剛落，貨艙裡火光耀眼，猛然響起「噠噠噠」的衝鋒槍響聲，震得船艙四壁嗡嗡作響，躲在船艙裡的幾個人多槍齊發，艙外有人沉重倒地，三名員警頓時被打倒。

丘立三叫道：「先射探照燈！」噠噠噠一個點射，「噗」的一聲，探照燈被射滅了。又是幾聲槍響，外面有人高聲慘叫，緊跟著噗嗵掉入水中。

丘立三把頭探出艙外，高聲喊道：「老林，快開船！」

馬達聲響，貨輪又被啟動了，幾個人埋伏在艙門邊，向閘門處的邊防員警瘋狂開火，不時有員警慘叫中彈。

貨輪轟鳴著開動起來，離大閘門越來越遠，江邊一輛軍車急駛而來，跳下數十名邊防軍，齊向貨輪射擊，但距離越來越遠，貨輪只被打出無數個彈孔，最終還是駛出了射程範圍，全速向南岸開去。幾個持槍人舉著槍，站在甲板上高聲歡呼，丘立三說：「先別激動，去告訴老林，讓他用最大馬力開船，只要邊防員警的『山貓』巡邏艇沒發現，三個小時後我們就是神仙了！」

手下有個人問：「三哥，尤哥的人什麼時候來接應我們？」

丘立三看看錶說：「按時間來看，現在就應該來了。我們先往東開船，等尤哥的人來。」

另有人大大咧咧地說：「尤哥也真是的，早就該多給咱們點錢，讓我們直接去澳門多好？非得先讓我們來珠海躲躲，差點全讓那老林頭的人給連窩端了。」

丘立三冷笑一聲，道：「那姓尤的別看年紀不大，心眼比他媽狐狸都多，他要不是怕我被老林頭的人給抓住，才不會加錢讓我去澳門呢！操你奶的。」

幾人在貨艙裡聽得真切，心中都在想：「這個『尤哥』又是誰？說不定就是雇傭丘立三搶東西的真兇。」

第十六章　運屍船

此時艙門大開，月光灑進艙裡，從櫃門縫裡見那幾個亡命之徒都在甲板上談話，丁會悄悄掏出手機，想要給上頭打個電話。剛按了一個按鍵，又聽得艙外一陣騷亂，有人低聲說：「有船來了，有船！」

「是哪兒的船？是不是邊防員警？」

「快躲到船艙裡去，準備開火！」眾人全都退回到艙裡。丁會連忙放下手機不動。幾人聚在艙門口向遠處張望，丘立三說：「看樣子不像是邊防員警的船，員警的汽艇不可能沒有燈光，這船上怎麼一盞燈也不亮？也不怕撞船。」另一人怯生生地問：「三哥，是不是海盜？」

丘立三敲了他的頭一下，罵道：「海你媽的盜！是不是美國電影看多了？這還沒出珠江呢，哪來的海盜？」

這時有人指著江邊小聲叫道：「三哥你看，船上有亮光了！」眾人都探頭去看，姜虎頭朝裡腳朝外，一側頭剛好可以看到艙外的江面，伴隨著微弱的馬達聲，隱約見江面上有團黑影，帶著點點亮光，清楚而細小，隨後又規律地閃了幾閃。

一人驚道：「三哥，是尤哥和咱們的接頭暗號！」

丘立三深吸一口氣，慢慢又欣喜地說：「終於來了！大家準備迎接，告訴老林停船。」一聲音都有些發顫。旁邊有人掏出強光手電筒，也對著江邊有規律地閃了幾下。

不大會兒船靠近了，兩船的欄杆幾乎碰上。船上有聲音道：「丘立三在嗎？尤哥讓我接你來了！」

丘立三連忙跑出去，說：「是我，我是丘立三！你們可來了！」

那聲音道：「你們都上船來，尤哥就在船艙裡，他有話要跟你們說。」

丘立三驚道：「什麼？尤哥……尤哥來了？太好了！好，我們馬上過去！」他一擺手，手下人全都踩著護欄跳到了對面船裡，進了船艙。

運屍船上一片寂靜，依凡見丘立三等人都離船而去，小聲說：「快出艙，先占領駕駛室！」幾人推開櫃門衝出船艙，林小培滿頭是汗，剛才的經歷她這輩子也沒遇到過，嚇得都忘了害怕，只知道緊跟在田尋身後。

丁會先來到駕駛室，只見室門大開，一人正靠在座位上抽煙，他悄沒聲地貼上去雙手抓住那人頭頸用力一扭，登時將他脖筋扭斷。丁會把屍體推到旁邊，跳上座位，啟動馬達開動貨船。

姜虎接過丁會遞過來的手槍，遞給田尋說：「會開槍嗎？」

依凡奪過槍說：「我會開，交給我吧！」

第十六章　運屍船

姜虎持槍躲在船舷右側，依凡則在左側，二人均面對著後來的那艘船，如果有人衝上來，一律擊斃。

船開動了，越開越遠，忽然對面船上傳來雜亂的槍聲，姜虎心裡吃驚：難道那個什麼『尤哥』要把丘立三滅口？這可壞了！槍聲響過後，緊跟著那船也開始發動向這邊駛來，姜虎連忙跑回駕駛室，邊跑邊叫：「那船也跟來了，快加速！」丁會推動油桿，運屍船開足馬力向前駛去，那船則在後緊追不捨。

田尋在依凡身後，看著緊追的船說：「是不是船上的人把丘立三滅了口，現在又來追殺我們？」

依凡說：「很有可能！」剛說完，那船上火光閃起，一陣槍聲響過，打在船艙門上。林小培嚇得大叫起來，依凡和田尋連忙躲在船艙之後，隱約聽得那船上有人高聲呼喝，但聽不清說的是什麼。那船顯然沒有運屍船的速度快，十幾分鐘之後，兩船就拉開了幾百米的距離。

田尋和姜虎四人回到駕駛室，田尋對丁會說：「丁大哥，我們現在怎麼辦？總不能開著船去澳門吧？」

丁會說：「現在我們不是那船上的人的對手，只有在江面上繞個大圈，想辦法回碼頭去。」

姜虎說：「碼頭那邊可能早就戒嚴了，不能回去！」

依凡說：「快打電話給上頭，讓他們派人來增援！」

丁會說：「我試過了，可江面上訊號不好，電話接不通！」

林小培抱著身體，對田尋說：「我有點冷，我想回去。」

姜虎說：「大小姐，我們也很想回去，不光是妳一個人著急啊！」

林小培哼了聲，說：「你是誰，敢這麼和我說話？」

姜虎有點生氣：「妳又是誰？耍什麼臭脾氣？」

田尋連忙勸開，對林小培說：「不讓妳來，妳偏跟來，現在又害怕要回去，妳要是再敢胡鬧，我就把妳扔到江裡餵魚！」

小培嚇得不說話了，姜虎等人心中暗笑。

夜更黑了，江面漆黑無比什麼也看不著，除了西北方向萬順碼頭的航標燈還隱約可見之外，眼前就只有船頭的射燈還孤零零地亮著。丁會心下忐忑，將貨輪前頭的開路燈開到最亮，希望能見到有船過來。

開了半個多小時，依凡說：「我們總不能老在江面上兜圈子吧？」

姜虎說：「乾脆往回開吧，快到碼頭的時候再想辦法。」剛說完，江面上忽然起了霧，丁會看不見航標燈，船頓時迷失了方向。

第十六章　運屍船

姜虎和田尋連忙找羅盤，卻發現船上根本沒有羅盤，原來是運屍船專門從珠海向澳門走，一般都是看航標燈，有時也就不準備羅盤。這下可苦了船上的人，沒了方向，就不知道哪邊是碼頭、哪邊是澳門。小培又驚又怕，低聲地抽泣起來。

田尋說：「快調轉船頭，繞開迷霧！」

丁會連打舵輪，可怎麼也繞不開，那霧不緊不慢地彌散在江面上，揮之不去。丁會有點急了，也不管是往東，還是往西，加足馬力一個勁向前開。又過了不知多久，油示錶上顯示只剩三成燃油了，如果燃油用光，那這船可真成了海上死屍。

依凡焦急地說：「快沒燃油了，得想個辦法啊！」

丁會說：「我也沒有辦法，既沒航標，又沒羅盤，我能怎麼辦？」

正在焦急之時，姜虎忽然發現右舷方向的江面上似乎有東西，連忙舉起望遠鏡查看，在灰茫茫的迷霧當中，有一團黑影若隱若現，只是距離太遠，看不出究竟是什麼東西，但可以肯定絕對不是員警的緝私艇或是貨船，因為凡是夜間出航的船舶，按海上規定必須開燈，以免發生海上相撞事件。

姜虎吩咐丁會加足馬力朝黑影開去，一面不時用望遠鏡觀察。

第十七章　幽靈海域

當相距黑影大約五百米左右的時候，大家發現這黑影確實是一條船，看規模不是很大，和運屍船差不多，只是船上沒有燈光，既沒有帆，也聽不見馬達的聲音，不知道是風力船，還是動力船。眾人就像看到了救星一樣欣喜若狂，連忙全速向那船靠攏過去。

當人身處大自然當中，尤其是在大海、沙漠這樣的無明顯標誌物和方位的環境中時，往往會感到人類與自然世界相比是多麼渺小，所以很多在沙漠中迷路的人，明明身上帶了充足的水和食物，卻發了瘋似地狂奔亂跑，最後體力耗盡，脫水而死，這都是因為人類對大自然有一種天生恐懼感。所以大家一看到這艘來歷不明的船，就毫不猶豫地靠了過去。

船越靠越近。還有不到一百米的距離時，姜虎從望遠鏡裡看到，這艘船並沒有開動，只是靜靜地在海面上隨著風向飄動。姜虎奇怪地說：「這船既無燈光、也沒有動力，難道是沒有燃油了，正在等待求救嗎？」

眾人也覺得奇怪，丁會先降慢船速，緩緩向那艘船的側舷靠近，依凡拿起駕駛室

第十七章　幽靈海域

前的手電筒向船照去。距離不到二十米時，姜虎從望遠鏡中看見這艘船是一艘很普通的運貨船，船側舷上依稀可見用紅色油漆寫著幾個字，姜虎邊看邊念道：「粵汕民際運AS-PH-626，這編號是什麼意思？」

田尋見駕駛台上有一摞航海指南書，其中有一本《中國船舶標準編號查詢表》，他連忙抽出來，翻開一查，馬上得到了答案：「從船身上的編號可以得知：這是一艘廣東汕頭的個人私有國際貨運船，前面的字母AS代表只允許在亞洲（ASIA）進行通商，後面的字母PH代表國家代碼「菲律賓」，也就是說，這是一艘僅限在中國和菲律賓之間做生意的私人貨船。」

這下丁會心中有了底，當運屍船的船舷和這艘粵汕貨船的船舷靠在一起時，姜虎拿著手電筒，持槍縱身跳進對面船的甲板上。

整艘船沒有一絲燈光，姜虎開口說道：「船上有人嗎？喂，有人嗎？」聲音在海面上擴散開來，卻沒人回應。姜虎來到駕駛室，只見室門緊閉，從前擋風玻璃上也看不見裡面，拉開室門，用手電筒向裡一照，裡面除了儀錶盤和舵輪之外，並沒有人駕駛，儀錶盤的電路也在關閉狀態。他又來到船艙側面拉開艙門，門應手而開，一股發黴的氣味迎面而來，姜虎警覺地一退身，抬槍瞄準裡面，裡面卻沒有任何動靜。

姜虎用手電筒照了照，裡面除了有一間簡陋的臥室之外，剩下的就是貨艙。他左腳站在艙裡，用電筒仔細地搜索每個角落，貨艙角落裡擺放著幾個木頭箱子，幾件舊衣服，除此之外空徒四壁，再無他物。

丁會坐在駕駛室喊道：「老姜，船上有人嗎？」

姜虎說：「還沒發現，我再看看！」

依凡說：「江面上的船沒有燈光，也不開動，我總覺得不太對勁。」

田尋說：「妳可別嚇唬我，我很少坐船的。」

小培挽著田尋的胳膊，問：「我們什麼時候能回去啊？」

田尋安慰她說：「快了，別害怕，這是珠江，經常會遇到貨船。」

姜虎又走進船艙的臥室裡，裡面有張折疊床，床邊擺了張矮桌，桌上有幾個盤子，分別是熟牛肉、燒雞和油煎花生米，此外還有一瓶白酒。牛肉和燒雞還散發著肉香味，看來時間並不長，最多不會超過半天。姜虎心中納悶：從食物的新鮮程度來看，至少在五、六個小時之前，這船上還是有人的，可現在人去哪兒了？

姜虎用手電筒在臥室四壁掃來掃去，牆板上掛著一些衣服，忽然瞥見牆板上掛著本書，取下來一看，原來是航海日記。這下應該有線索了，他拿著航海日記出艙，跳回到運屍船上，把日記扔給丁會說：「船上沒有一個人，貨艙也是空的，只找到一本航海日記，你們看。」

田尋和依凡湊上去，丁會翻開日記扉頁，上面工整地記著每天的記事，藉著手電筒的光亮，只見頭一段寫的是：

「二月十一日。今日從汕頭出發，江面晴，無風向微風，航向西南，目標菲律賓呂宋島。這一船的工藝品都是借錢進的貨，必須全部賣光才有賺頭，聽天由命了。」

田尋說：「這船是從二月十一號從汕頭開往菲律賓的，現在是三月份，大半個月的時間從汕頭到菲律賓，應該足夠一個來回的了，不知道他是還沒到菲律賓，還是已經回來了。不過既然貨艙是空的，應該是回來了。」

幾人點了點頭，再看下一段：

「二月十五日。到南海海域，偶爾起風，不影響航向。再有三天就到目的地，希望一路平安。」姜虎撇了撇嘴，繼續讀下去……

「二月十八日。到達菲律賓呂宋，工藝品很受歡迎，一天之內全部出貨，大賺了一筆，現在返航。娶媳婦有望。」姜虎不由得笑了笑，看來他估計得沒錯，這船已經賣光了貨物，是往回走的。

又翻開一頁，繼續往下讀：

「二月十九日。到南海海域，海面偶爾有霧，幸好有羅盤，不然又要多費油繞開走。」

「二月二十日。還在南海海域，上午忽然起大霧，灰濛濛一片，幸好中午散開，老天保佑，可別再遇到霧，再有五天就到家了。」

「二月二十一日。還在南海海域，上午晴，下午又起霧，晚上也沒散，方向失去，按羅盤指引向西北航行，估計明天可出南海，到東沙群島。」

「二月二十二日。下午四點。早應該到東沙群島，可還沒到，方向也沒錯，不知為何，船上電台壞掉，與港口失去聯絡。繼續向西北航行。」

「二月二十三日。全天有霧，完全沒方向，到底怎麼回事？老天爺幫幫我！」

「二月二十四日。還是全天有霧，什麼都看不見。真是見了鬼了。這幾天晚上睡覺總覺得有人在船上似的，起來查看卻什麼也沒有，這可怎麼辦？兩天沒吃飯了，害怕。」

「二月二十五日。按航向和速度今天應該到汕頭港口了，可根本沒到，霧越來越大，感覺船不是在海上走，好像是在一個籠子裡轉圈。昨晚一夜沒睡，害怕呀！有沒有人救救我？老天哪！我才三十啊，我不想死啊，我想回家！」

看到這裡，幾人心中不免升起一種莫名的恐懼，這船究竟遇到了什麼？

再往下看去，字跡開始變得潦草又歪斜：

「不知道過了幾天，船上的食物快沒了，燃料也快用盡，霧還是沒散。」

第十七章　幽靈海域

「剛才在左邊霧中好像看到一艘船，我跟上去，卻怎麼也靠不近它，為什麼？」

「還剩一隻燒雞，一塊醬牛肉，一瓶燒酒，最後一點食物了，吃完之後，我就往霧裡衝，聽天由命吧。」

「酒度數太大，喝不動了……海面上忽然跳起很多白色的魚，正好用網撈上來吃，去弄幾條。」

「這種魚太怪了，眼睛是藍色的，還發光，煮熟了吃特別香，有的魚還有魚子，那魚子簡直比什麼都香，撐死我了。」

航海日記寫到這裡就沒有了，顯然還沒有寫完。大家心中納悶，依凡說：「這個船主在海上看到了一條船，想靠上去看看，怎麼就沒了下文？難道是碰到了海盜？可是聽說中國南海附近鮮有海盜，因為這裡經常會有幽靈船出沒，連海盜都不敢來。」

剛說完，丁會就打了一個寒噤，說：「幽……幽靈？難道這裡就是傳說中的幽靈海域？我有個在海邊長大的朋友經常跟我說，南中國海經常有塊海面被稱為幽靈海域，這個區域並不是固定的，但只要是經過幽靈海域的船，船上的人就經常會莫名其妙地失蹤，而船上所有的東西，無論多值錢，都會原封不動。凡是出海的船，只要一經過南海海面，大家就都不說話，直到船平安駛出南海。因為傳說南海深處有一個鬼王母，這老娘們有個怪毛病，就是喜歡年輕健壯的男人，一旦聽到有人說話的聲音，就會偷偷跟在船的後面唱歌，把船上的男人都吸引到海裡活活淹死。」

他這麼一說，幾個人又害怕了，小培更是嚇得緊緊抱住依凡，身子不住地顫抖。

田尋說：「我也看過一本雜誌上說，在一九六七年，有一艘馬來西亞的官方客輪在經過南海附近時，看到一艘中國貨輪。有人從望遠鏡中看到，這艘中國貨輪上的船員一個個像中了邪似的，正站成排，慢慢走到船舷邊，下餃子一樣往海裡走，等客輪上的保衛人員登上貨船一看，半個活人也沒有了，而貨物卻絲毫未動。這件事曾登上了《吉隆玻日報》和《廣東日報》的頭版，至今也沒人能給出合理的解釋。」

姜虎越聽越害怕，說：「你們別說了，我可……我可不信這些東西。」其實他生性怕鬼，早就嚇得舌頭轉筋。

丁會說：「你都找遍了，船上真的沒別的線索了？」

姜虎說：「沒……沒了，不信你去看看。」

田尋說：「丁大哥，我們倆去看看吧。」丁會點點頭，姜虎把槍遞給田尋，兩人跳進了那船的甲板裡。

田尋在船艙的臥室裡用手電筒左右尋找，忽然燈光照處，牆上一幅印著山水畫的掛曆映入眼簾。本來牆壁上掛日曆也是很正常的事，可田尋總覺得這掛曆有點不太對勁，究竟哪裡不對勁，一時還說不出來。這幅掛曆正好是二月份的露在外面，並且分別在十一號和十八號上畫了兩個紅圈，顯然是船主作記號用的，十一號旁邊還寫著「出發」兩個字，十八號旁寫著「到菲律賓」四個字……。

忽然，掛曆最下面一行大字把田尋嚇得倒退幾步：一九九七年，桂林山水欣賞掛曆。

「這……這是一九九七年的掛曆？」丁會也吃了一驚，「可……可能是這船主平日裡太節省了，捨不得錢買新掛曆，所以一直用舊的。」

田尋又四處照照，想再找找其他的線索，見桌上有個食品包裝袋，他隨手拿起來，見上面印著一個醉醺醺的醉漢圖案，旁邊還寫著幾個字：酒鬼油煎花生米。這是種最普通的劣質袋裝食品，他撇了撇嘴剛要扔下，忽然心中一動，忙用手電筒在上面仔細地尋找，最後果然在封口處找到了一行小字：保質期十五天，出廠日期：一九九七年二月六日。

這回兩人傻眼了，掛曆可以用十年前的，可這油煎花生米總不能也吃十年前的吧？田尋扔掉包裝袋，又開始找其他能證明年份的東西。翻了半天，丁會忽然說：「你看，這裡有份報紙！」田尋接過報紙翻了翻，頭版標頭上印著醒目的大字：《汕頭日報》。田尋自我安慰地說：「報紙總不能看十年前的吧？」丁會拿手電筒往報頭上一照，只見上面清楚地印著：「廣東省汕頭日報社出版。一九九七年二月十日，星期一。」

丁會雙腿發軟，坐在折疊床上說：「完了，這下真遇見鬼船了！」

田尋拿報紙的手也顫抖起來，他說：「先別……別害怕，如果說這船是九年前的鬼船，可為什麼桌上的燒雞、花生米等食品一點沒有變質，還是新鮮的？而且這船九年沒有保養修理，卻不見有積塵和滲水現象，一切跡象都像是剛剛才發生的？」

丁會顫抖著站起來，說：「我們還是快回去吧！這船我可半分鐘也不想待了！」

兩人出了船艙，跳回到運屍船上。

依凡忙問田尋：「怎麼樣，有什麼線索嗎？」

丁會剛要說話，田尋搶著說：「什麼都沒有，可能是一艘被廢棄了的破船。」丁會知道他不說出真相，是怕姜虎他們三人心生恐慌。

依凡說：「那我們還得繼續航行啊，必須遇到其他的船，才有機會回去。」

江面越來越涼，林小培又怕又冷，連打了幾個噴嚏，田尋緊緊抱住她，用自己的體溫給她取暖。這時姜虎忽然說：「咦，那船似乎動了！」幾人連忙去看，那貨船靜靜地停在江面，一動也不動。

丁會說：「你別胡說了！那船沒人，沒動力，江面又沒有風，那船自己還長腿了嗎？」

第十七章　幽靈海域

剛說完，那船忽地在江面上移動起來，而且移動前毫無徵兆，似乎有一股力量拖著一般，大家都嚇了一跳。不多時，一陣江霧飄來，等霧散去之後，那船竟然蹤影皆無，完全從視線中蒸發了。

幾人面面相覷，都愣得說不出話。丁會說：「追過去看看！」

姜虎連忙說：「還是別追了，那船……我看有點邪門。」

前方的迷霧仍舊是若有若無，忽然在霧中隱約又出現了個黑影，大家一看，只見那黑影略呈長型，似乎還是條船。

田尋說：「不管它是什麼，開過去看看！」丁會轉動舵輪，朝黑影方向駛去。

幾分鐘後，那團黑影漸漸靠近了，姜虎抬手看看腕上的羅馬錶，已經是半夜十一點半，天幕一片漆黑，但在夜空之中，半個月亮掛在天空倒是皎潔無瑕，照得海面泛起粼粼波光，但霧氣卻一直彌漫在周圍，沒有半點要散的意思。

船逐漸朝那個黑影靠近，當距離只有三、五十米時，姜虎用手電筒向那個黑影照了照，不由得「啊」了一聲，原來還是剛才那艘無人的貨船，靜靜地停在江面上。

田尋說：「肯定有人作祟！迎上去！」

丁會一轉舵輪，開足馬力向貨船迎頭而去，眼看著還有不足十米的距離了，那船原本在海面上靜靜地漂著，忽然船身猛地震動，又原地打轉，朝霧裡急速游去，幾人嚇了一跳，這船沒有動力，怎麼還能如此迅速地調頭？現在海面上可是一絲風也沒有啊！

正在納悶之時，那貨船又以非常古怪的動作向左轉了半圈，接著居然倒退著漂游了過來，這下可把幾人嚇壞了，依凡說：「我頭一次看到船還會倒退著開的！」

小培聲音顫抖地說：「這……這是怎麼回事啊？」

依凡剛要回答，忽然聽到一種沉悶至極的低鳴聲，這聲音似乎是從海的最深處傳上來似的，好像有幾百頭牛同時在海底鳴叫，又像有人在海底拖動一塊極大的鐵板，聲音不大，卻瞬間讓人感到整個腦袋都在跟著震動，十分難受。那貨船倒退了十幾米，又轉了個圈，往相反方向游動。

就在船體旋轉的一剎那，幾人清楚地看到在船舷上有一條粗如啤酒桶般的東西纏在船欄上，這東西粗黑發亮，露在海面上的部分大概有七、八米長，末端散開呈八爪型，光是這一截，就比最大號的蟒蛇還要大好幾圈。

小培尖聲叫起：「哎呀，有鬼啊！」

田尋心中一驚，馬上跳出個念頭：巨型章魚！可轉念一想，不對啊，巨型章魚或者巨型烏賊都屬於節肢動物，這種生物的特點是身體不大，而八條爪子卻大得驚人，並且每一條爪上都遍佈著圓形的吸盤；而這個東西末端的幾條爪子又細又窄。如果說

第十七章　幽靈海域

牠是巨蟒，蟒蛇可沒有爪子；如果說是章魚，那這章魚的身體也太長了些。
牠的頭在哪兒呢？在深夜的南中國海域遇到這種東西，令人膽戰心驚！

第十八章　南海巨怪

依凡說：「快熄掉引擎！」丁會連忙關掉引擎開關，怕聲音會驚動這東西。正在這時，這條觸手動了起來，越伸越長，最後把整個貨船半圓形的船艙攔腰捆了起來。同時，那種沉悶的低鳴聲又從海底響起，貨船發出了「軋軋」的怪聲，好像是鐵板變形發出的聲音，幾人清楚地看見貨船的中間漸漸地被觸手勒出了一條凹痕，越來越深，勒痕旁邊的鋼板也「軋軋」地出現一個個凹坑，越來越大，突然「砰」地一聲大響，船艙的兩扇鐵門居然受不住巨大的外力變形，被彈得飛了出去！

大家都驚得張大了嘴，那貨船的船艙是用鋼板造成，能把船艙擠得如此變形，這觸手的力量也太過驚人了！

兩扇變了形的鐵門彈出船外，「啪」的一聲大響濺落在海面上，觸手似乎被驚動了，瞬間收緊，只聽海面上「嘩」的一聲巨響，水花四濺飛起老高，貨船的船尾竟然被觸手舉起，離開海面，船艙中稀里嘩啦一陣亂響，裡面的東西都掉了出來。觸手鬆開貨船，貨船「啪」地落在江面，船底可能是漏了水，不多時貨船就慢慢沉沒。

大家嚇得魂不附體，小培更是雙手捂著耳朵大哭。那觸手似乎聽到哭聲，劃著水花向運屍船游來。姜虎大聲道：「不好，那觸手過來了！」

丁會再不猶豫，抬槍朝江面上的觸手就是兩槍，火舌從槍管噴出，彈殼彈落在甲板上。觸手毫無停滯，瞬間已經來到運屍船邊，幾人只覺得身體一歪，運屍船的船尾被抬起，離開江面，眾人頓時失去平衡，連忙抓住船頭的欄杆，林小培哪見過這陣勢，手上一滑，她嚇得失聲大叫，田尋和丁會共同伸出手，攔腰抱住小培。

只聽船艙裡一陣亂響，幾張金屬製成的停屍床，連同那十幾具套著塑膠布的屍體紛紛從艙內掉了出來，噗噗落入水中，塑膠封袋裡有空氣，所以十幾具屍體一時還浮在海面上，不致於沉下去。

忽然海面上一陣亂響，海浪翻騰，水花中只見五、六條同樣形狀的觸手幽靈般地衝出水面，分別捲住一具屍體拖進海底。抓著運屍船的那條觸手也鬆開了船艙，也捲起一具屍體沒入水底。運屍船的船尾啪地落回江面，晃了幾晃後趨於平穩。水面上霎時靜了下來，無聲無息，只有幾具密封的屍體還在海面上半沉半浮著。

幾人都擠在狹小的駕駛室裡，心跳得像打鼓，幾乎就要從嗓子眼裡蹦出來。

姜虎喘著粗氣，口中喃喃地說：「這是……這是什麼東西？我操他媽的，這是什麼？」

依凡雖然膽大，卻也嚇得花容失色，臉色慘白。田尋說：「是巨型章魚嗎？可又不太像啊！」

丁會說：「管牠是什麼，快開船跑吧！」說完一擰鑰匙，點燃馬達將船開動了起來，調轉船頭就要駛離。

忽聽「嘩啦」一聲大響，無數水花從船頭沖了上來，濺得幾人頓時成了落湯雞，小培又嚇得大叫起來，丁會剛要轉舵，只覺得自己好像飄起來了似的，心中暗叫不好，一定是那該死的觸手把這艘船給舉起來了！正想到這兒，腳下又覺一空，整個身體急速往下落，「啪」的一聲巨響，運屍船掉在江面上，水花從兩邊飛起幾米高的浪頭。

田尋驚恐萬分，大叫：「快開船，快開船！」

丁會手忙腳亂地亂打舵輪想要迅速駛離這裡。海底的牛叫又響起，突然一團水花從海裡冒了出來，一條黑不溜秋的觸手飛出海面，「噗」地從末端裂開的爪子裡噴出一堆東西，正好掉在貨船的甲板上，滾在依凡腳下，她低頭一看，頓時嚇得失聲尖叫，竟是一副還連著血肉的肋骨骨架！

姜虎再也坐不住了，他大叫一聲跳出駕駛室，拔出手槍向觸手便開火，砰砰砰！火舌帶著三聲槍響，但由於天太黑，又極緊張，一槍也沒有打到目標。

觸手顯然被驚嚇住了，迅速向船後側移去，姜虎大罵：「你他媽的也怕槍子兒啊！」剛說完，耳邊「嘩啦」一聲巨響，駕駛室前擋風玻璃被撞得粉碎，一隻觸手不知什麼時候竟然伸進了駕駛室，前端的八根小爪子張開呈虎爪狀向丁會撲來。

丁會嚇得大叫，抬槍就射，距離離得太近，槍口吐出的火舌幾乎都噴到了觸手的身上，子彈也都打進了觸手身體裡，「噗噗」兩聲悶響，好像打進了橡膠裡似的。這觸手猛地縮回，痙攣著退回水裡。

幾人跌跌撞撞地朝船艙跑去，側面的海面上水花四起，又有幾隻巨大超長的觸手先後冒出來，前端「噗噗」地亂噴出許多血肉模糊的東西，不用說又是那些屍體的殘骸，這時大夥已經顧不上害怕了，一頭鑽進船艙裡關上艙門。艙中伸手不見五指，大家也不知道往哪兒藏，乾脆就蹲在角落裡。

觸手見有獵物進了貨艙，便用巨大的手臂用力撞擊艙板，咣！咣！咣！巨大的響聲就像在擂大號的戰鼓一般，震得大家耳膜欲裂，連忙緊緊捂住耳朵。

觸手見敲鼓沒奏效，便又改變了戰術，開始把船體當玩具，一會兒將船頭翻起，一會兒又把船尾朝天，五個人在貨艙裡滾來滾去，頭昏腦漲，好似太空人的平衡訓練。

田尋大叫：「怎麼辦？總不能就這樣等死吧？」

丁會說：「那又有什麼辦法？」這時只聽外面咔地巨響，緊跟著從艙門的玻璃看見幾下閃光，原來是打雷了。

這時田尋的腦袋撞到一個堅硬的東西上，差點暈過去，他見是那鐵皮櫃子裡的液化氣罐，忽然有了主意，他說：「用纜繩捆上這個液化氣罐，去炸那怪物試試？」

姜虎說：「怪物那麼巨大，能炸死嗎？」

丁會說：「管它能不能，這是唯一的辦法了，老姜，咱倆出去試試！」

田尋不知道哪兒生出來的勇氣，說：「我也去幫忙！」

三人剛出來，就被嘩嘩的大雨澆透了，月亮早就被烏雲給蓋得嚴嚴實實，海面上一點光線都沒有，只能看見四處都灰濛濛的。遠方天空與海面的交界處，一道道彎彎曲曲的閃電從天空蜿蜒而下，雷聲隱隱作響。突然「咔嚓」巨響，險些轟破三人的耳膜，閃電從頭頂劃過，海面上一片明亮，閃電的支叉活像個張牙舞爪的鬼手，頓時四周被照得如同白晝。

藉著這兩秒鐘的亮光，三人看見海面上足有六、七條巨大的觸手圍在船旁邊亂扭亂舞，而且海面上的那些浮屍也都不見了，丁會知道這些怪物吃光了浮屍，就會全部撲過來對付活人。他四下一看，甲板上套著一大捆纜繩，連忙爬過去，將液化氣罐繫上纜繩，和田尋兩人用盡全力朝海面甩出去。

那怪物似乎很久沒有吃過肉，今天吃了不少浮屍，胃口大開，看見又有東西從船上飛到海面上，都撲了過去，搶著用末端的細爪吞那個液化氣罐。

姜虎見機會來了，連忙舉槍瞄準，但夜色太黑，雨又大，只能藉著有閃電的時候才能看清海面上的情況。一連打了幾次閃電，姜虎卻都沒有瞄到目標，忽然腳下一絆摔倒在地，原來是幾個觸手互相爭搶液化氣罐，不知哪個用力甩動，鐵罐帶著纜繩被扯出老遠，繃緊的纜繩把姜虎的腿纏住了。他急得大叫，手忙腳亂地解纜繩，卻是越急越解不開。

丁會連忙跑過去幫他解開繩索。正在這時，又有閃電從天空直劈下來，亮光照處，姜虎看到幾隻觸手互相繞著，纜繩亂七八糟地纏在兩隻觸手之間，液化氣罐就掛在一隻觸手上，見此良機，姜虎再不猶豫，他暗想：憑我這在越南邊境上搞暗殺練出來的槍法，就不信打不中你！

砰、砰、砰三槍，忽聽轟地巨響，一團火球從空中騰起，氣浪將三人推得在甲板上滾了好幾圈，纜繩頓時鬆開了，海面上平靜了下來。

三人爬起身，江面上半天再無動靜，姜虎喃喃地說：「可算炸死了……」

三人走進船艙，見依凡和小培緊緊靠在一起，已經嚇得面無人色。依凡見三人平安回來，忙問：「怎麼……怎麼樣了？」

丁會點點頭，說：「把那怪物給炸死了。」

依凡也鬆了口氣，說：「可算是挺過去了。」她和林小培的頭髮都濕淋淋地貼在臉上，驚魂未定，林小培更是嚇得說不出話來，只大睜著驚恐的眼睛。

船艙的門因為變形，已經無法關上，艙外暴雨如鞭，不時有閃電和響雷，還好甲板上有泄水孔，雨水不至於倒灌進艙內。田尋摟著小培的肩膀，不斷地和她說話，怕她因過度驚嚇而引起精神失常。

這時，一道閃電在天空中斜著閃過，亮光照處，姜虎忽然臉上變色，直勾勾地看著艙外。丁會抹了把臉上的雨水，說：「老姜，你沒事吧？還是給嚇傻了？我們還沒死呢！」

姜虎喃喃地說：「我好像看到，外面有東西……」

田尋聲音顫抖地說：「姜大哥，你別再嚇我們了，我已經快不行了。」

忽聽艙外傳來玻璃破碎的聲音，小培嚇得尖叫，幾人現在是草木皆兵，立刻都緊張起來。

依凡說：「又……又怎麼了？」

田尋說：「可能是雨水把駕駛室的玻璃打碎了，沒事。」

剛說完，又是幾道閃電亮起，從船艙向外看，只見江面上張牙舞爪地扭著五、六條觸手，似乎都在跳舞。

第十八章　南海巨怪

幾人徹底嚇呆了，都以為那些觸手已經被液化氣罐給炸死，就算沒死的也嚇跑了，沒想到現在又冒出這麼多！姜虎大叫：「這下可完了，又出來這麼多！」

田尋說：「沒別的辦法了，還有一只液化氣罐，再炸吧！」

丁會拎起那只大號的液化氣罐。這是最後的希望，用它哪怕炸死半隻觸手也是好的，至於能不能躲過其他觸手的魔爪，就只能聽天由命了。

丁會和田尋抱著液化氣罐來到甲板上，閃電光中，看到海面上張牙舞爪地舞動著幾隻觸手，一見到又有活人出來，這些觸手敏銳地嗅到味道，不約而同地把觸尾朝向甲板這邊。姜虎拔出手槍站在艙邊，退出彈夾見還有六、七顆子彈，忙推入槍膛，準備掩護二人。

幾隻觸手亦步亦趨地向船邊游來，田尋從甲板上拽過半條纜繩遞給丁會，丁會把液化氣罐捆牢，兩人共同握著纜繩，準備用力甩向海面，忽然有隻觸手閃電般地衝了過來，前端的八爪觸尾攔腰抓住田尋，田尋像駕了雲似的，瞬間離開甲板升到空中。

這觸手好像大蟒蛇一般，圓滾滾的又有彈性，緊緊抓住田尋令他絲毫也掙不脫，田尋嚇得大喊大叫：「快救我，快救我！」姜虎抬槍就射，可那觸手不停扭動，子彈都打空了。

田尋低頭見海面離自己至少有二十多米，自己的身體忽上忽下，如同駕雲一般，腦袋不由得陣陣發暈。丁會大叫一聲，把液化氣罐拋向海面，一隻觸手斜伸過來穩穩接住液化氣罐，再用力一扯，粗大的纜繩立時繃斷，那觸手順勢把鋼罐向上一拋，又有隻觸手過來接住，兩隻觸手之間竟玩起了拋球遊戲。

抓住田尋的那隻觸手也開始效仿，用力把他拋向空中，田尋暈暈乎乎地只見海面離自己越來越遠，下落時又變得越來越近，下墜時一隻觸手橫在身下，田尋身體摔在觸手之上，好像跌在大號輪胎上似地又被彈起，另一隻觸手準確地抓住了他，又拋向天空。

這時依凡和林小培也來到甲板上，看見如此情景，都嚇得高聲呼叫。田尋精神幾近崩潰，他閉著眼睛大叫著，丁會和姜虎雙槍齊射，槍口噴出的火舌在廣闊的海面和巨大的怪物面前，就像螢火蟲的尾光毫無用處。

這時，一隻觸手牢牢抓著田尋不再拋出，田尋絕望地想：完了，這群怪物玩夠了，該吃我了！

忽然海面一陣翻滾，巨大的水花翻騰起伏，「嘩啦」一聲海水分開，從水下冒出一個巨大的扁圓腦袋，這個腦袋比一個籃球場還大。

藉著不時劃過的閃電，可見腦袋上還咧開了一個大嘴，嘴裡參差不齊的都是肉芽狀突起，還有令人噁心的黏液，同時還發出類似野牛一樣的叫聲，呼嚕嚕地又像在喉嚨裡堵著痰的聲音。那些觸手的下部都連在這個巨大的扁腦袋旁邊，這回田尋才明白，原來那些觸手都是這個怪物伸出來的足。

田尋嚇得魂不附體，這張嘴往回猛縮，「噗」地噴出一大股黏液來，田尋渾身都濺上這種黏液，又腥又臭，不由得嘔吐起來。抓著液化氣罐的那隻觸手高高伸向天空，好像在伸懶腰，又像是在向這渺小的生物顯示牠那巨大的力量，而抓住田尋的那隻觸手輕輕一鬆，田尋便往那個噁心的大嘴裡直掉下去……

這時，天空猛然一亮，一道巨大的閃電從雲端直劈下來，無規則的放電路線自然而然地在空中尋找制高點，那隻抓著液化氣罐的觸手伸出海面至少有三十幾米，一下子成了閃電追逐的對象。只見液化氣罐被閃電擊中馬上白熱化，瞬間爆炸開來，閃電的電流通過液化氣罐，經過觸手流向了怪物全身。

這隻怪物極其龐大，至少也有上百噸重，但在強大的閃電攜帶的上千萬伏電流一擊之下，幾秒鐘之內便順著觸手神經傳到了中樞神經，轉眼間，一切神經細胞都被電流摧毀，整隻怪物癱軟了下來，慢慢沉入海底，田尋也落入海中。

甲板上的四人都驚呆了。依凡最先反應過來，她叫道：「快救他，他堅持不了多久！」說完投身躍入海中，姜虎和丁會也跳下去，三人共同把已經昏厥的田尋撈上船來，抱進船艙。

大雨伴著狂風，「嘩嘩」地傾瀉著，似乎在向大海發洩著無比的憤怒。

也不知過了多久，田尋慢慢睜開雙眼，刺眼的陽光馬上又逼得他閉上眼睛。聽見耳邊依凡說：「醒了，他醒了！」田尋勉強支撐起無力的身體，用力晃了晃腦袋，慢慢睜開眼睛，只見運屍船擱淺在一個小島岸邊，而那大海怪早已無影無蹤，明亮的陽光從雲層中透射出來，湛藍的天空像是被洗過似的，格外晴朗，不時有幾隻海鳥鳴叫著飛過。

田尋昏沉沉地說：「這是……這是哪兒啊？」

姜虎笑著說：「老弟，你的命可真大啊，我都以為你肯定讓那大傢伙給吃定了！」

丁會也說：「你可能是屬貓的吧？那麼大的怪物都死了，你卻還活著？真是佩服。」

依凡不愛聽了：「你們倆這是替他高興呢，還是覺得他沒死很可惜？」

林小培也說：「就是，你們可真夠壞的！」她經過昨晚的事之後嚇得夠嗆，現在剛剛恢復過來。

第十八章　南海巨怪

丁會和姜虎哈哈大笑，連忙道歉。

田尋爬起身看了看四周，只見運屍船的甲板上一片狼藉，數不清的死魚死蝦等散落船上。

丁會說：「這地方要不是有個小島，我們就算不讓那怪物吃掉，也會在海上活活困死。」

姜虎說：「可不是嗎？這島上要是再有幾隻野獸，打死了烤肉吃上一頓就更美了！」

田尋說：「那我們上島看看吧，先找些吃的東西填飽肚子再說。」

五人胡亂擰了擰身上的衣服，打起精神跳下甲板，向這鬱鬱蔥蔥的小島走去。

第十九章 無名島

穿過濃密的樹林，島上遍地都是鬱鬱蔥蔥的野草，各種低矮的灌木無處不在。這個小島的地形看上去比較複雜，迎面就是個山丘，五人費力地翻過去，見又是個小山谷，坡地上爬滿了帶刺的藤蔓，刮得身上到處都是傷痕。

來到谷底，姜虎的腳剛踏上去，立刻就陷進泥裡，爛泥很深，一直沒到小腿。原來這裡是個乾涸的河床，可能因為地勢低矮，每次下雨之後，雨水都滲入泥土變成爛泥，經年累月積到谷底裡頭不知多少年。姜虎費力地踩過河床，再順著上坡爬到對面丘上，想要翻到山谷對面去。姜虎雙臂用力剛探出頭，面前赫然露出個白森森的骷髏，他沒有提防，嚇得低叫一聲，嘰裡咕嚕地滾到了谷底，弄得全身都是爛泥。

後面的丁會和田尋連忙下去扶他，姜虎好不容易才從又臭又黏的爛泥中解脫出來，丁會問：「你又看見什麼了？」

姜虎狠狠吐了口唾沫：「看到一顆死人頭骨，他媽的真晦氣！」

田尋說：「有活人嗎？」

姜虎搖搖頭。五人再次爬上山丘，這回姜虎學了乖，他先慢慢探出半個腦袋，只見一顆人頭骨斜躺在草叢中，旁邊還有幾副枯骨，四周「嗡嗡」地飛著蒼蠅和各種昆蟲。從枯骨泛黃的顏色來看，至少也死了好幾年，其中有副肋骨中間還插著匕首。骨頭旁放著一把鏽跡斑斑的彎刀，刀身已經被雨水腐蝕得看不出顏色。

丁會抓住刀柄上的護手，用力將彎刀拔出來看了看，刀的形狀有些像東南亞的樣式，一些外國電影的海盜似乎經常用這種刀，可又怎麼會在這島上出現的？難道這些死人骨頭都是海盜不成？姜虎又仔細搜索附近，又發現旁邊的草叢中有個圓筒似的東西，拿起來擦擦，兩頭是玻璃片，好像是個老式的望遠鏡，舉起用眼睛朝裡窺視，卻根本看不到景象，看來裡面的零件都鏽爛掉了。他把望遠鏡遞給田尋，田尋左右看了看，說：「這望遠鏡至少是一百年前的東西了。」

姜虎說：「你怎麼知道？」

田尋說：「這種單筒伸縮的老式望遠鏡我從書上見過，在清朝乾隆時期就被淘汰了。」

田尋扔掉望遠鏡，手搭涼棚朝前方望去，平坦的草地一覽無遺，前面約兩、三里處有道山崗。姜虎先在旁邊找了個水坑，洗洗身上的臭泥，然後五人開始翻那道山崗。等翻過山崗放眼一看，眼前的景象令他目瞪口呆！

只見好大一片平坦的草原，到處都是些奇形怪狀的東西：一棵粗樹上橫著伸出枝杈，上面有幾片巨大的葉子互相包著，組成了一個比水缸還要粗大的綠燈籠，還散發著一股臭味；旁邊草地上貼地皮長著十幾片巨大的葉子，每片葉子都足有席夢思床般大小，但不是綠色，而是火紅色，都圍繞著一塊圓形的枯樹皮，要是縮小幾十倍，那就是個紅色的香蕉被剝了皮、吃光肉後，被扔到草地上。奇怪的是，有些葉子不是貼著地皮，而是收攏的，又像個超大號的圓白菜；最奇怪的是到處都有著類似垂楊柳的大樹，高高的樹冠上垂下無數濃密的細蔓，遠遠看去有點像女孩子喜歡在臥室裡掛著的風鈴，煞是好看。

五人像農夫進城似地縮頭縮腦看了半天，也沒能叫出這些植物的名字。田尋在心中嘀咕：這島上的植物怎麼都這麼怪異？可能是這個孤島遠在海中，所以這些物種才沒被人類發現。放眼望去，遠處山谷密林、高高低低，飛鳥進出、雲霧繚繞，根本看不到對岸。

林小培說：「這都是什麼樹啊、花的，我都沒見過……」

幾人繞過大燈籠樹，又從香蕉皮葉子上踩過，這種葉子又厚又柔軟，上面生著無數的軟刺，還真有走紅地毯的感覺。姜虎仔細察看腳下有沒有什麼蜘蛛、蜈蚣之類的毒蟲出現，因為他天生害怕蟲子，幸好沒有發現。

丁會說：「你們看，那些垂柳樹實在是太漂亮了，這要是能吃頓飽飯，再在這樹底下美美地睡上半天，那該有多好！」

姜虎譏笑他說：「你把樹皮吃了吧！」

田尋走近垂柳樹邊，用手輕輕拂了拂從樹上垂下的細蔓，卻沒想到這根細蔓竟像怕癢似地抖動起來，把田尋嚇得向後一退，說：「媽呀，這樹活了！」

五人害怕有異，連忙遠遠走開。又向前走了段路，左側出現了一片崖壁，高低錯落、流水繞間，幾人來到山崖旁，見這地方頗為險惡，於是繞過山崖向右走。

丁會邊走邊觀察四周，憑藉多年的野外生存經驗，他做出判斷說：「這塊區域內有無數的奇怪植物，卻並無獸類的腳印和糞便，也沒有那種野獸身上所散發出的特有的腥臭味道，只有些小型昆蟲，看來附近是沒什麼可供飽腹的動物可以狩獵。如果運氣好的話，也許會找到些野果之類的充充飢。」

幾人聽了後，都有點沮喪，田尋說：「那邊有片草地，我們過去看看吧！」幾人向右側走去。

前面是一片平坦的開闊地，全都長滿雜亂的長草。忽然，眼尖的姜虎叫道：「你們快看，前面好像有房子！」

大家聽了都興奮起來，有房子不就代表有人居住嗎？丁會撥開長草，果然見遠處開闊的腹地中隱約露出一片房屋模樣的建築，田尋高興地說：「真沒想到這荒島竟然還有人居住？」

依凡也說：「真有房子啊，咱們快去看看吧！」

丁會端起槍說：「還不知道是敵是友，咱們得多留幾個心眼，小心別中了埋伏！老姜，你從右邊繞過去，田兄弟和兩位小姐跟著我由左側包抄！」

五人分成兩夥向草叢腹地接近。

離腹地越來越近，看得也越來越清楚。只見草地中有偌大一片水泥澆鑄的建築，前後約有幾十間，有平房，也有兩層、三層的，樓梯欄杆高低錯落，規模竟是不小。只是建築四周都長滿了雜草，連水泥房頂也有雜草和小樹，似乎很久沒人修葺了。

大傢伙兒在四周搜索了一遍，發現這片水泥房只有正面中間有一個鐵柵欄電動門，裡面是個小院，院裡也生滿了草，柵欄門左右各有一個崗哨，柵欄門緊閉，柵欄上也生滿了鐵鏽。透過柵欄門，可見院裡有座大型水泥工事，外面有一扇對開鐵門，除此之外，並無其他入口，於是五人都來到在這扇鐵柵欄門前。

田尋問：「這是什麼建築？好像很長時間沒人了似的，你看那院子裡都是雜草。」

姜虎說：「看上去應該是軍隊修建的工事，你們看院裡的那扇鐵門，門檻比地平面低一米多，左右除了防護牆，還有機槍眼，鐵門中間有階梯，很明顯是個軍事基地。」

丁會也點點頭，說：「從這柵欄門、裡面的崗哨和樓上的暗堡都能看出來，這地方不是軍事基地，就是軍營。」

小培膽怯地說：「那我們……我們還要進去嗎？」

姜虎說：「當然進去了，怕什麼？這島地處南海，有人也是咱們中國的軍隊！」

田尋說：「要是真有軍隊那還好了，可我看這軍營似乎至少荒廢幾十年了！」

姜虎衝上去朝鐵柵欄門就是一腳，只聽「咣噹」大響，那看上去堅固非常的柵欄門竟然應聲而斷，倒在雜草之中。

丁會來到柵欄門旁邊的控制軌道一看，見鐵製的滑動軌道已鏽得變了形，難怪這柵欄門不結實。他說：「連滑動柵欄門都鏽成這樣，看來這軍營裡確實不像有人的樣子。」

幾人踩著柵欄門進來，走過崗哨邊向內一看，只見崗哨窗上的玻璃有的已經破碎，剩下的也滿是灰泥。崗哨裡空無一人，除了簡易操作台和椅子之外，就是旁邊牆上控制柵欄門的開關。

依凡說：「這軍營怎麼會建在荒島上？而且還沒有人。」

走進院中，只見院子裡左右各有兩排營房，房門大開，姜虎鑽進去瞅了瞅，只見裡面靠牆放著十幾張床鋪，床上的軍被已經爛得露了棉花，床和床之間的桌上還有相架、水壺和飯盒，地上厚厚的都是灰塵，牆上斜靠著幾支坂田式步槍。

姜虎連忙抄起槍，說：「這不是三八大蓋嗎？中國軍隊怎麼還用這種槍？太奇怪了！」一拉槍栓，竟然鏽死了。

丁會說：「這確實是座軍營，不過從樣式來看似乎不是中國軍隊的，你們看！」

大家順著丁會的手勢看過去，只見牆上掛著一把軍刀，細細的刀身略有些弧度，配著黑色的刀鞘，明顯是日式戰刀。

田尋踩著床鋪將軍刀摘下拔出，見刀身上顏色略深，但整體刀刃還是比較鋒利。

田尋揮舞了幾下，說：「這是日本指揮刀吧？我從抗戰電影裡見過。」

丁會看了看說：「這刀應該是日本軍隊裡低級士官用的指揮刀，難道這是日本人的軍營？」

這時，依凡發現有張床鋪邊的桌子上放著個木製相架，於是拿起來擦掉玻璃上的灰塵，裡面的照片已經發黃，她掰開相架取出照片，依稀可見這是一張三、四十年代的日本全家福，中間是個二十多歲的年輕人，身著黑色學生服，頭戴日本學生特有的黑色六角帽，兩旁是一對身穿和服的中年夫婦，面貌慈祥。

依凡指著照片說：「很明顯照片上這年輕人就是這張床鋪的士兵，這是日本高中

第十九章　無名島

生制服，我在日本上大學的時候，日本的雜誌和電影裡經常會出現。」

田尋說：「這麼說，這軍營是日本人修的無疑了，只是不知道這軍營是什麼時候在這荒島上修建的？為什麼修這座軍營？」

姜虎說：「可能是日本人在這島上的軍事基地？可規模似乎又小了些，一般的基地少說也得有上千人，可這軍營我看最多不超過五十人。」

田尋說：「我們要不要到兵營裡面看看？」

林小培連忙說：「我們真的要進去啊？」

丁會說：「別怕！從各種跡象來看，這軍營已經荒廢多年了，但在軍營裡很可能還會留下一些給養品，或者軍火，我們去看看有什麼能利用上的！」

幾人出了軍營，向院子裡的水泥工事走去。來到工事外的大鐵門前，姜虎看著鐵門旁邊的機槍眼說：「我說丁軍長，那機槍眼裡不會還有人用槍瞄著我們吧？」

丁會說：「這軍營荒廢多年，哪還能有人？除非鬧鬼了。」

林小培連忙叫道：「我最怕鬼，你可別嚇唬我！」

幾人大笑起來，丁會說：「小姐，妳這位姜大哥也怕鬼，你們可得多親近親近。」

林小培把臉一扭，說：「誰跟他親近，哼！」

姜虎笑著搖了搖頭，走到鐵門前彎腰用力去抬大鐵門的邊緣，鐵門動了幾動，似乎鏽住了，姜虎憋得臉通紅，邊用力邊說：「快來幫忙！」

丁會、田尋和依凡三人齊上陣，終於將鐵門抬了起來，裡面黑咕隆咚，還彌散著一股說不出的怪味。

姜虎彎腰就要進去，丁會拉住他說：「先別急，裡面沒有光線，你和田兄弟先去附近找些粗樹枝回來，再用營房裡的破棉被纏上做幾支火把。」姜虎和田尋去了，不多時抱著四支火把回來，用火藥引燃之後，幾人舉著火把鑽進大鐵門。

姜虎首先鑽進，依凡、田尋和林小培緊跟其後，最後是丁會。藉著火把的光線，見裡面都是水泥抹牆，牆頂密佈著特製的軍用應急燈和一條條管線。

拐過幾個彎後是幾間屋子，其中有的屋外鐵門敞開著，幾人進去一看，原來是間普通的辦公室，裡面的桌上有無線發射器、發報機，牆上還掛著幾張地圖，圖上標注的地名都是日文。

丁會說：「依凡姑娘，妳是不是懂日文？」

依凡點點頭，走過去看了看，依次指給大家：「這張大的是亞洲地圖，這張是東南亞地圖，這張是……哦，這張就是這個小島的地圖，這樣就可以找到我們所在的位置……天哪，原來這島在南海正中央，你們來看！」

幾人湊過去，依凡說：「這張是南海地圖，這個紅色小島就是我們所在的位置，

第十九章　無名島

地圖上並沒有標島名，看來這是個無名小島。你們看，這上面是中國廣東，左面四百多公里是越南，右面是菲律賓，下面一千公里是馬來西亞。這島剛好處在南海中心，快靠近南沙群島了。」

丁會驚訝地說：「這麼說，咱們大半夜的工夫，居然在海上航行了……七百多公里？」

田尋說：「從地圖上看是這麼回事，主要還是那陣暴雨和颶風，否則船走不了那麼快。」

林小培對田尋說：「咱們這是在哪兒啊，離家遠嗎？我可不想在這破島上待著，風景也不好，我要回家！」

依凡譏笑她說：「大小姐，我們也知道這破島沒意思，可現在回去也不是那麼容易，都得靠運氣，知道嗎？」

林小培把臉一板，說：「妳是誰啊，憑什麼教訓我？」

依凡也有點生氣，毫不示弱地說：「我不是教訓妳，只不過說了幾句實話而已。」

林小培更加生氣：「還沒人敢這麼和我說話！」

依凡反而笑了，說：「妳以為妳是公主，還是女王？我說了又怎麼樣？」

林小培氣得臉上漲紅，她又指著田尋說：「我就知道你帶她來是故意氣我的，對不對？」

田尋連忙勸架：「妳們二位都消消氣，現在不是吵架的時候，要是想吵等咱們回了家，妳們隨意，怎麼樣？」

依凡冷笑著說：「我哪有閒工夫和她吵架？」

林小培又要還嘴，田尋將她拉到一邊勸住。丁會和姜虎看在眼裡，暗想：這三人似乎關係還不太一般。

幾人在屋裡尋找一番，田尋見桌邊靠牆倚著幾支形狀怪異的衝鋒槍，落著薄薄的灰塵。姜虎看見屋裡有槍，連忙過去拿起一支，只見這槍和中國九五式的長度差不多，前面有散熱孔，彈匣橫著插，而且還是彎的，看上去非常古怪。姜虎翻來覆去，邊看邊說：「老丁，你看這是什麼槍，我怎麼沒見過？」

田尋也操起一支，說：「好像是日本的佰式衝鋒槍？」

丁會接過槍看了看，說：「田兄弟，你以前也當過兵嗎？」

田尋說：「沒有，我在一些機械雜誌上見到過，不知道對不對。」

丁會說：「你只說對了一半，這槍是貳式衝鋒槍，在雲南當兵時，我在邊境的民兵手裡見過。」

第二十章　禁止入內

田尋疑惑地說：「貳式衝鋒槍？和佰式有什麼關係？」

丁會說：「這種貳式可以說是佰式的兒子。日軍侵略中國那陣子，小日本還沒有正經的制式衝鋒槍，後來國民黨十九路軍都配備上了美式的衝鋒槍，日本軍隊吃了幾回大虧，開始研究生產衝鋒槍。他們仿造英國的史坦MK2造出了佰式衝鋒槍，日本名叫『100式機關短銃』，後來又改進稱為『佰式改』。到了太平洋戰爭時，又改進了『佰式改』型，叫貳式衝鋒槍，專門配發給日軍在太平洋作戰的海軍陸戰隊。」

姜虎和田尋聽了都點點頭，丁會又說：「這種槍在太平洋戰爭結束之後有一小部分由關島、菲律賓流入了越、緬等國，那時我在越南兵手裡還繳過一支，其實這槍性能不錯，就是產量低了點，這槍的產量每種只有幾千支，和當時美國的湯普森、英國的史坦馬克2、德國MP40上百萬的產量比起來差太多了。不過也有好處，二戰後有一些佰式和貳式發給美國老兵當戰利品帶回美國，現在美國軍品收藏界的佰式槍都是珍品，至少能換輛小汽車，尤其是彈匣，比槍身還值錢。」

依凡和姜虎聽完他的講述也都來了興趣，每人操起一把貳式衝鋒槍擺弄起來。姜虎說：「這麼說，這軍營是那年頭修建的了？」

丁會說：「很有可能！因為這種貳式衝鋒槍就是專門為了打太平洋戰爭而生產的，這小島地處南海，又離菲律賓不遠，正是日軍當時的主要戰區，這小島的軍營應該就是日本在東南亞戰場的一個小型中轉站。」

田尋說：「也不知道這槍還能不能用，乾脆咱們每人帶上一支！」

姜虎抽出彈匣，見裡面子彈壓得滿滿的，他把彈匣塞回去，拉了拉槍右側的槍機，雖然有些生澀，但還勉強能拉得動。他把子彈上膛，說：「待會兒出去放幾槍，看看什麼感覺樣！」

丁會一把將槍奪過來說：「不能開！這槍雖然在屋裡沒被雨水澆，但也有幾十年沒加潤滑油了，免不了讓空氣腐蝕、零件受損，開槍的話會有炸膛的危險，擺弄擺弄就行了，不能用！」

姜虎覺得索然無味，拉出彈匣，把槍身扔在桌上，說：「搞了半天是老婆來月事——中看不中用！沒意思。」

田尋說：「姜大哥，這裡可有女士，你別太……那個了。」

姜虎看了看丁會，兩人笑了起來。

大家又搜索了一下屋裡的擺設，丁會見桌上有把南部式手槍，另外還有一摞泛黃的文件，他拿起翻了翻，內容全都是日文，雖然夾雜著大量繁體漢字，但還是看不懂，於是遞給依凡。依凡接過文件，邊看邊譯：「二月十五日至二十五日間，提爾皮斯號艦將運送武器至基地，屆時務必妥善安置，不得有損，違令者立即處死。另派物理學家四名，請盡力完成天皇之任務，以使大東亞聖戰圓滿達成——山下奉文，一九四二年二月十二日。」

幾人聽了後都覺迷惑，丁會說：「可能是一份普通的軍用物資運輸文件。」

田尋說：「日軍的運輸船為什麼起個西方名字？我記得日軍的戰船大多是什麼『阿波丸』、『武藏丸』之類的船名。」

依凡說：「文件上就是這麼寫的。」

田尋說：「上面說派了四個物理學家來這裡，可能是在這裡研究什麼新式武器吧！」

姜虎問：「那個山下……什麼文是啥意思？」

田尋說：「這傢伙我知道，是個戰犯！二戰的時候他專門負責東南亞戰局，搜刮了不少金銀財寶，還有個『馬來之虎』的外號，意思是說他在馬來西亞一帶打仗打得好。」

丁會說：「這就是間普通的軍營辦公室，跟我們當兵那時候的差不多。」

姜虎說：「那就再看看別的房間。」

出了屋，上二、三樓，有淋浴室、食堂和發報室，屋裡除了有些槍枝、文件和聯絡設備之外，並沒什麼特別的東西。幾人出了大鐵門，在院子裡坐下休息，他們被折騰了大半夜，早餓得頭昏眼花。

田尋說：「兩位大哥，這軍營也沒什麼東西能用得上吧？」

丁會說：「確實沒有，不過也有點奇怪，這軍營的給養品都放在哪裡？」

姜虎說：「我也在想這事呢！槍枝軍火、被服器械，還有食品什麼的，總得有個地方存放吧？」

丁會說：「所以說，這軍營裡肯定有地下倉庫。」

姜虎說：「按常規，軍事設施的倉庫應該修建在一樓的通風口處，咱們再去找找！」

林小培說：「我都快累死了，要去你們去，我可不走了！」

田尋說：「依凡，妳們倆在院子裡休息一會兒，我和他倆進去看看！」

姜虎把槍交給依凡防身，三人又進到工事內開始搜索。

果不其然，拐過幾個彎後，找到一間大糧庫，裡面有很多腐爛的袋子，裡面都是黑灰，很顯然，裡面的米、麵因多年擱置早已腐爛了。旁邊十幾只木箱裡還碼著成聽

第二十章　禁止入內

的罐頭，姜虎拿起一個罐頭，見上面印著都是日文，丁會說：「終於找到吃的了！先抬一箱出去，問問依凡姑娘能不能吃！」

三人連忙抬了一箱出來，依凡看著罐頭上印的字，說：「這是牛肉罐頭，但上面寫著保質期三十六個月，恐怕早就不能吃了。」

姜虎不信，拉開罐頭上的馬口鐵，馬上聞到一股腐敗的味道，姜虎連忙把罐頭扔進箱子，說：「這下白忙活了。」

丁會說：「咱們再進去看看吧！」

田尋剛要跟去，卻見依凡和林小培神情委頓，似乎精神不大好，就知道大家身上的衣服都濕透了，依凡和小培是女性，體質屬陰，被濕氣一逼難免著涼難受。他說：「我們先弄些樹枝，生堆火，讓她倆把濕衣服烤烤。」

三個男人折了些粗壯的樹枝，在院子裡搭了個柴堆，姜虎把手槍子彈用尖石夾著擰開，將火藥撒在樹枝上，然後開槍引燃柴堆，柴火很快就燃了起來。林小培說：「我都快餓死啦，裡面真的沒什麼吃的嗎？」

依凡立刻接口說：「又不是光妳一個人餓，我們是石頭做的啊？」

林小培怒目而視，田尋連忙岔開話題，說：「二位女士先在這裡烤火，我們三個再去找找，看有什麼可以吃的沒有。」

依凡感激地看了他一眼，說：「你們也小心點，快去快回！」

於是三人又返回工事。姜虎說：「這島上怎麼著也得有點野獸、野味吧？」

田尋說：「就算沒有野味，有點野果也行，只要不蹦出隻恐龍就行。」他被那海上巨怪嚇得還心有餘悸。

丁會對田尋說：「田兄弟，現在沒有別人，你給我們倆交個實底：我們的東家到底是誰？那兩個女的又都是誰？」

田尋說：「告訴你們也沒什麼，我們是受西安文物教授林之揚的委託，尋找盜走他家裡文物的盜賊。依凡是《西安日報》的記者，也是我的朋友；另外那個千金小姐嘛，嘿嘿……」

姜虎急問：「她是誰，你倒是快說啊！」

田尋說：「她就是林教授的獨生女兒，叫林小培，十足的富家小姐。」

姜虎氣哼哼地說：「我說呢，怪不得她脾氣那麼大！原來東家就是林之揚，聽說那老頭特別有錢，那為什麼不報警，非得雇傭我們來找？他女兒又是怎麼跟來的？」

田尋說：「林教授怕公安部門在全國通緝之後，盜賊們狗急跳牆，就會急於將文物賣到國外，那樣的話，中國的文物就流失了，損失也就難以挽回。」

丁會哦了一聲，說：「原來是這樣，聽說我們如果能抓到『兔子』，就有一百萬

第二十章　禁止入內

的賞金，你知道嗎？」他生怕田尋他們和他瓜分賞金，於是就暗地裡引他的口風。

田尋說：「這我可不知道，再說我幫林教授追回文物也不是為了錢，給我錢我也不會要。」

姜虎拍了拍田尋肩膀說：「兄弟好樣的！」心裡卻在暗暗高興。

丁會知道姜虎想什麼，對他說：「雖然我們遇到了丘立三，可最後還是被他的主子給滅了口，看來我們是要白玩了。」

他這麼一說，姜虎也洩氣了。丁會接著又說：「不但白玩，還漂到這個前不著村、後不著店的荒島，都不知道哪年哪月能遇到船，回到大陸。」說得姜虎幾乎都要哭了，他說：「丁軍長，你別這麼說行不行？我可承受不了啦。」

田尋笑了：「姜大哥，只要有命在，還愁沒有出路嗎？你剛才還說我命大呢，其實我們五個人的運氣都不錯。」

三人邊聊邊找，忽然在糧庫旁發現還有一個偌大的水泥房間，屋中央有個通向地下的水泥樓梯，樓梯足有五、六米寬。三人互相對視一眼，丁會說：「這裡應該是祕密的貯藏庫，我們下去看看！」大家開始往下走，走了幾十級台階，在火把照耀下，見有堵水泥牆立在面前，牆上有一扇巨大的對開鐵門，門上嵌著轉盤開關，門中央還寫著「立入禁止」四個白色油漆大字。

姜虎說：「什麼叫『立入禁止』？」

丁會說：「可能是說不讓站著進去，想進這裡只能躺著。」

姜虎說：「他媽的，這裡是澡堂子，還是窰子窩？還必須得躺著進去！」

田尋說：「丁大哥，你就別在這兒瞎解釋了，這句話我知道，在日語裡『立入禁止』就是『禁止入內』的意思。」

姜虎說：「那為啥叫立入禁止呢？」

田尋撓撓腦袋說：「這我就不知道了，小日本就會把中國話胡用亂用。」

姜虎和丁會將火把交給田尋，他倆則共同用力去扭那轉盤開關。這開關幾十年沒用，早已鏽死，兩人憋得臉紅脖子粗，幾乎使出了吃奶的勁，轉盤開關終於轉動起來。在轉動過程中，鐵門的左半邊慢慢向左滑動，終於可以容人進出。兩人擦了擦汗，大家舉火把進到屋裡。

猛進來時大家都感到有點呼吸不暢，丁會說：「這裡是地下倉庫，鐵門密封性又好，所以空氣比較稀薄。但軍事倉庫都修有通風孔，可能是年頭太久，通風孔被堵塞，等過一會兒鐵門外的空氣補進來就沒事了。」

往裡走了走，見這裡是個長方形的水泥廳，約有六十多米長，寬也有近二十米左右，廳頂修成弧形，正面牆上寫著「煙火禁止」四個大字。廳最外面堆著不少軍毯、

第二十章　禁止入內

軍服、皮鞋、背包、飯盒、乾電池、手電筒、防毒面具和軍用水壺等軍用物資。除了乾電池已經漏液軟化，其他的東西還都完好，看來這倉庫經過特殊建造，防潮性很好。

丁會找出幾支手搖式手電筒，猛勁搖了幾十下，一按開關，手電筒居然還能用，只是光線不太足，顯然是內置的小電機已經有些老化。

姜虎從半捆軍服裡拽出一頂黃布軍帽來，這軍帽是典型的日軍二戰樣式，前有帽遮，後有防塵布，他把帽子戴在頭上，回頭問：「老丁，看我像不像日本兵？」

田尋笑道：「姜大哥，你要是再貼上一小塊鬍子就更像了！」

丁會照姜虎腦袋就是一巴掌，罵道：「趕快給我摘下來，小心激起民憤把你當日本鬼子給槍斃了！」姜虎笑著摘下軍帽扔掉。

忽然，丁會走到一捆軍服前，解開麻繩拽出套軍服，說：「你看，這是什麼軍服？」兩人過來一看，只見這套衣服是黃顏色的，從帽子到鞋都是連體的，臉部和普通的防毒面具很像，眼睛有一塊透明玻璃，嘴部突起，用橡膠管引出連在背後的背包上。衣料非常結實，從脖子到襠處有條極長的拉鍊，倒有點像太空人穿的航太服。

姜虎見左胸口上印著個黑、黃兩色的三角形，三角形內有三個均勻分佈的扇形，說：「這圖案我好像在醫院見到過似的？」

丁會譏笑他說：「得了吧你，這是軍事倉庫，和醫院能扯上什麼關係？」

田尋說：「姜大哥說的對，這圖案是防止輻射圖案，在醫院的X光室門口都有這個圖案，意思是防止電離輻射，但在軍隊中一般都是指防止放射性輻射，比如製造核武器的原料什麼的。」

兩人嚇了一跳，丁會說：「那就是說，這衣服是生化防護服？」

田尋說：「依我看應該是防輻射服。可這種小島上的軍營倉庫怎麼會有這種衣服？」

再向裡走，兩側都是長排鐵架，上層整齊地擺著幾十支貳式衝鋒槍和坂田步槍，這些槍都塗著黃油，顯然是沒開封的新槍，中層則是一排南部式手槍，姜虎拿起一把說：「這不是王八盒子嗎？還挺新的呢！」最下層是裝彈藥的木箱，箱子上有白漆噴的日文和編號，旁邊還有幾十柄軍用匕首。

槍架左側還擺著幾十只大號木箱，丁會用軍用匕首撬開箱子，見裡面都是用黃紙封裝的方形炸藥，上面印著TNT字樣和千克數，有的箱子則裝著雷管和導火索。

姜虎看見炸藥興奮地說：「沒想到還有這好東西呢！」

丁會卻說：「打仗時是好東西，可我們總不能把炸藥當麵包吃吧？」

姜虎一想也是，說：「可那些吃的東西都變質了，有什麼辦法！」

第二十章　禁止入內

再向前就到了倉庫盡頭，堵頭處有一扇小型鐵門，鐵門前約兩米處的地面上有道黃色的粗線，不知何意。鐵門左右都用黑、黃兩色畫著相間的斜向條紋，門上還用黑黃兩色畫著一個圓圈，圓圈裡是三個均勻分布的扇形，和剛才那防輻射服上的圖案相同。

三人互視一眼，臉色都凝重起來。

田尋說：「這鐵門裡很可能存有放射性物質，我們還是別進去的好！」三人商量了一下，決定就此打道回去。

路過槍架的時候，姜虎說：「老丁，這些衝鋒槍能用嗎？咱們帶上幾支？」

丁會說：「拉開槍機，看看裡面的機械部分有沒有鏽住，如果生了鏽就不能用，否則開槍時容易炸膛。」

姜虎拿過一支貳式衝鋒槍，拉開槍栓，用手搖電筒向裡面費力地看，邊看邊說：「老丁，我看沒什麼問題，沒生鏽。」

丁會說：「那你就帶上一把。」

姜虎說：「你不用嗎？」

丁會冷冷地說：「日本鬼子的破槍，我可沒興趣用。」

姜虎說：「田兄弟，你也來一把？」

田尋說：「我是左撇子，這槍的彈匣在左側，我用不了。」

姜虎哦了聲，拿過一把衝鋒槍，又從中層木箱裡拆封幾個新彈匣，把嶄新的黃澄澄的子彈往彈匣裡壓，嘴裡還咕噥著：「有槍不用多可惜，放在這兒也是浪費……」

往回走時，姜虎半開玩笑地說：「老丁，你應該把眼睛蒙上，萬一看到兩位女士烤火時還沒穿衣服，那可就惹事了。」

丁會說：「我可沒那愛好，我現在只對錢感興趣。」

說完三人抬起鐵門出了工事，田尋忽然說：「咦，她們倆跑哪兒去了？」

第二十一章　冤家路窄

院子裡的柴火還在燃燒著，卻沒有了依凡和小培的身影，兩人的衣服也不在。

丁會說：「可能她們烤完火之後，去尋找吃的了吧？」

田尋擔心她倆迷路，把雙手攏起來就要喊，卻被丁會攔住，他說：「你們聽，外面好像有動靜！」

三人連忙豎起耳朵去聽，田尋聽了半天，低聲說：「丁大哥，我什麼也沒聽見啊？」

丁會用手指了指院外右側，小聲說：「在那邊的樹林裡……」

姜虎一擺手，三人悄悄出了柵欄門，向右側樹林靠近。等到了樹林邊，果然從裡面隱隱傳來說話聲，而且還是男人。田尋暗暗佩服丁會的耳力，心想：難道他練過順風耳？

姜虎悄聲說：「操他媽的，這島上居然還有活人？」

丁會持槍在手，三人慢慢穿進樹林，向聲源處移過去。不多時，就見前面隱約有人影晃動，又聽得依凡的聲音傳出：「我們在這……」隨即被人喝住，聲音戛然停止。

田尋焦急地說：「她們好像被人綁架了！」

丁會說：「別急，我們從左側繞過去，都把腰低下來！」

三人悄悄走了百十來米，躲在一塊巨石後面，說話聲越來越近，只聽有人說：「三哥，我好像又餓了，早知道就在海邊多摘幾個椰子。你說海邊那些死人骨頭是不是都跟咱們一樣，被颶風吹到這荒島上來的船員吧？」

另一人咳嗽幾聲說：「說不好，這些骨頭從外表看並沒有搏鬥受傷的跡象，應該不是暴力死亡，這島上雖然沒有野獸，卻還有大量的野果可以吃，總不至於餓死，可這些死人又是怎麼死的呢？真他媽的怪了！」

三人聽到這說話聲音不由得渾身一震，竟然是丘立三！又有一個人笑著說：「真沒想到這荒島上，居然能碰到兩個如花似玉的美女，哈哈，真像美國電影的情節啊！」

另一人說：「三哥，咱們都餓得夠嗆，現在雖然沒有吃的，但這兩個美女也總能消消慾火吧？你就讓兄弟們先玩玩，怎麼樣？」又有幾人齊聲附和。

丘立三罵道：「回家玩你老娘去！這兩個小妞肯定有同夥，小心讓人給算計了，笨蛋！」那人挨了臭罵，再也不出聲了。一人又問：「三哥，咱的船都被海浪給打爛

第二十一章　冤家路窄

了，這荒島離陸地那麼遠，都不知道地圖上看不看得到，也沒個人煙。不過這兩個小妞居然能駕著運屍船漂到這裡，還真是挺湊巧的啊！」

丘立三「哼」了聲：「光憑她倆不可能駕著運屍船走，肯定還有同夥在島上，大家小心點，待會把他們都抓起來一塊幹掉！」

又有人說：「三哥，這把手槍挺不錯，看上去不像國產貨，可比九二式好多了！」

丘立三說：「這是義大利造的貝雷塔M92F自動手槍，後來被美國政府選中，改編號為M9，在手槍界有『天下第一槍』的美名。」

那人聽了奇道：「是嗎？那太好了，這槍歸我了！天下第一槍，哈哈哈！」

他們幾個邊說邊走，經過巨石時，丁會三人也跟著移動身形。他們走過巨石，背影出現在三人的視線中。

丁會見中間那人正是在珠海夜總會見到的丘立三，兩旁還有六個手下，分別挾持著依凡和小培，其中兩人肩上扛著衝鋒槍，丘立三也拎著一支。丁會和姜虎猛站起來，同時舉槍喝道：「都別動，誰動打死誰！」田尋也不示弱，抽出在兵營裡順來的那把日本刀。

丘立三等人都嚇了一大跳，同時舉槍回頭，只見三人分別手持日本刀、手槍和衝鋒槍，都覺得又意外又好笑。

姜虎低喝道：「把槍放下，否則把你們打成篩子！」

丘立三心說這幾個傢伙什麼時候冒出來的？他嘿嘿一笑，說：「三位的形象很特別啊，難道是拍電影的嗎？沒想到這島上還能遇見同類，真是太意外了！」

丁會說：「我數到三，你們再不放下槍，我就先打死你！」

丘立三哼了聲，說：「你們手裡有槍，我們手裡也有槍，憑什麼讓我放下？我他媽還讓你放下呢！」雙方各持槍對峙，丁會和姜虎有長短兩把槍（田尋的日本刀在這情況可以忽略不計），而對面則有三支衝鋒槍和一把手槍，場面頓時僵住。

依凡和小培見田尋等人趕來，心裡都非常高興，小培連忙喊叫：「快來救我呀，快來救我！」

丘立三怒喝：「給我把嘴閉上！」

可小培仍舊喊個沒完。丘立三剛要罵她，看到姜虎之後忽然臉色大變，指著姜虎說：「你，你不是……是老彪的仇家嗎？」

姜虎笑嘻嘻地說：「是啊，我們在珠海金棕櫚夜總會見過，你的記性還不錯嘛！」

丘立三對姜虎說：「七年前你把我兄弟老彪打得半死後送進監獄，現在又來尋我

第二十一章　冤家路窄

的晦氣，我到底什麼地方得罪你了？」

姜虎哼了聲，說：「那老彪當年害得我朋友倒賣白粉被判了無期徒刑，我一氣之下也把他送進了監獄，可沒想到老彪提前出獄了，本來我們可以好好敘敘舊，可你二話不說拔槍就打，我也沒有辦法。」

丘立三仰天打了個哈哈，說：「你來珠海也是抓我的吧？昨晚在運屍船上邊防警察臨檢的時候，是不是你們故意推倒死屍、弄出聲音才驚動了邊警？後來開跑運屍船的也是你吧？要不是你，我現在早他媽的在葡京賭場摟著外國妞玩紙牌了！」

丁會笑了笑，說：「這主意盤算得不賴。你偷文物為了錢，我抓你也是為了錢，既然咱們又遇上了，那就較量較量吧！」

丘立三嘿嘿訕笑：「我不是嚇大的，你們有兩把槍，我們有四把槍，誰收拾誰還真不好說！」

姜虎譏笑道：「你那六個手下都是些街頭小混混，我伸出一根指頭就能輕輕捏死他們！」

丘立三身邊那持槍的人氣得半死，罵道：「你他媽的少放屁，我們又不是螞蟻，不服過來比劃比劃！」

姜虎將貳式衝鋒槍平端，槍口對準那人，說：「再廢話我先突突了你！」

那人手拿一把九五式衝鋒槍，見姜虎手中的這柄槍形狀古怪，不免有點害怕，暗想這傢伙手裡拿的什麼新式武器？

丘立三見場面相持不下，心想要是真開起火來，恐怕雙方都得吃虧，在這時候不能太強硬了，於是他嘿嘿笑著說：「這兩個漂亮妞是你們的姘頭吧？你們也真有意思，追我的路上還都帶著娘們，是不是怕她們在家裡紅杏出牆？我是佩服得沒話說啦，哈哈哈！」手下也都淫笑起來。

依凡和林小培氣得臉紅，林小培大罵：「你這個缺眉毛的醜八怪，短命相、倒霉鬼！」

旁邊他幾個手下聽了，差點笑出聲來，連忙強自忍住。丘立三大怒：「妳他媽的敢說妳丘爺爺，是不是活夠了？我先斃了妳再說！」嘴上說著，槍口卻仍指著丁會等人。

丁會說：「趕快把人放了，我也許會考慮饒了你們。」

丘立三旁邊一個手下罵道：「你他媽的是史瓦辛格啊，充什麼英雄？」

丘立三手裡有人質，哪肯輕易就範？他說：「現在雙方誰也沒便宜可占，我也不想把你的人怎麼樣，只要你肯讓我們先離開這個島，我保證會毫髮無損地放了她們。」

第二十一章　冤家路窄

姜虎說：「你把我們當白癡啊？少廢話，先放了人再說！」

丘立三持槍哈哈大笑，說：「既然你們不願意合作，那我也沒辦法。現在我就要走了，你要是敢放黑槍，我就先廢了她們！」

抓著林小培的那人是個光頭，他用姜虎那把M9槍頂住她的頭，林小培掙扎著大叫：「哎呀，你捏疼我的胳膊啦，快放開我，你這個燈泡腦袋！」

旁邊有人立刻笑出聲來，這光頭氣得半死，他的光頭並不是剃的，而是小時候得過重病，從此後就再不生頭髮，因為這個毛病，他快四十了還沒找到媳婦，一直以此為恥，現在聽見林小培罵他「燈泡腦袋」，頓時火往上撞，他一捏林小培的脖子，罵道：「臭丫頭敢罵我？看我不掐死妳！」

林小培哪吃過這種虧？大叫中飛起一腳向光頭踢去，光頭以為她只是個軟弱女孩，卻沒想到這一腿來得快，剛好踢在他下身的命根子上，疼得光頭倒吸涼氣，捂著肚子大聲呻吟，手也鬆開了林小培。

旁邊那人見林小培如此潑辣，舉槍朝她腦袋就是一槍托，這槍托沒用太大力，但也打得林小培「哇呀」一聲，差點暈倒。光頭左手捂著肚子直起腰，右手抓住林小培的頭髮還要打，丘立三大罵：「都給我老實點，別鬧了！」旁邊抓著依凡的有兩人，其中一人鬆開手，低頭去拉林小培。

就在這時，只見依凡的右臂閃電般從抓他那人的左手往外抽，那人連忙握緊左手，可依凡右臂卻又變了方向，從他背後繞到前面牢牢夾住他左臂，五指猛地扣住那人的喉嚨用力往後一扳，那人只覺得眼前一黑，下意識就要開槍。依凡將身子後撤，同時左手伸出，抓住那人的右掌向左拉動，槍口指在丘立三等人身上。

這過程還不到兩秒鐘，眾人眼前一花，兩人就換了角色。那人身上要害被依凡控制住，渾身都使不上半點力氣。丘立三驚道：「妳幹什麼？」光頭也用手槍對準依凡，而那人喉嚨被依凡捏得險些骨折，哪裡還能說出話來？

依凡厲聲喝道：「快把人放了！」姜虎和丁會迅速對視一眼，都吃了些驚，剛才還是兩支槍對四支槍，現在則成了三對三，誰也不居下風。

丘立三氣得直咬牙，心想這小妞竟有如此身手？真是大意失荊州。田尋擔心林小培，連忙喝道：「快放人！」

丘立三見實在是討不到什麼好，只得下令：「放了她！」光頭不情願地鬆開林小培，林小培連忙跑向田尋。

她抓著田尋的手，指著丘立三說：「他們這群混蛋欺侮我！」

田尋心裡一驚，問：「怎麼欺侮妳了？」

林小培說：「你看，他們把我的胳膊都捏疼了！」

第二十一章　冤家路窄

田尋哭笑不得，依凡馬上解釋說：「我們沒事，剛穿好衣服就被他們抓住了，好在你們立刻趕來。」言下之意是我們並沒有吃虧，田尋把心放下了。

丁會說：「請把我們的手槍還給我。」

丘立三說：「你先把我兄弟放了！」

依凡搶下衝鋒槍，右手先推後送，那人踉踉蹌蹌撲倒在地。姜虎對光頭說：「槍給我！」光頭看了看丘立三，把姜虎的M9手槍拋在他腳前。田尋收起日本刀，上前撿起手槍。

丘立三哈哈一笑，說：「沒想到這麼個嬌滴滴的漂亮妞，身手居然不錯，算姓丘的看走眼了！」

依凡持槍回到田尋身邊，田尋向她豎起大拇指，依凡衝他甜甜一笑。丘立三見對方有四支槍，而自己只有兩支，優劣立現。他眼珠轉了轉，笑著說：「我說兄弟們，咱們在海上遇到暴雨和颶風都能活過來，也算是命大了，我看不如就此罷手，各奔東西怎麼樣？」

丁會說：「你想得美！不抓到你，我們哪有臉回去？我看你還是學乖點，投降吧。」

丘立三哼了聲：「我丘立三從來不知道投降兩字怎麼寫！有種就拚上一拚，看誰的槍快！」他手中衝鋒槍的準星牢牢套在丁會頭上，丁會知道這傢伙當過數十年兵，槍法肯定不差，雖然自己這邊有四把槍，完全可以開火，但只要給丘立三扣扳槍的機會，己方肯定會有人死。

正在僵持不下的時候，田尋說：「我倒有個提議，不知道你們同不同意。」姜虎說：「什麼提議，說說看。」

田尋清了清嗓子剛要張嘴，忽聽遠處傳來一陣嗡嗡聲。大家的槍口都沒動，耳朵卻都豎了起來，林小培手裡沒有槍，不由得向聲源處看去，只見樹林外面有個朦朧的影子遠遠飛來，從個頭和形狀上看很像隻老鷹。

林小培說：「你們快看，那有隻老鷹，快看呀！」幾人心裡都覺得生氣，這節骨眼上誰敢分神去看？

那老鷹越飛越近，丘立三的六個手下只有光頭有槍，其他五人不由得尋聲望去，只見那老鷹飛行的動作很是彆扭，普通的鷹都是滑行，而且只有在高空中才平行而飛，低飛的時候都是俯衝向下，而這隻鷹卻幾乎貼著地面飛行，並且忽上忽下，姿勢飄忽不定，完全沒有老鷹翱翔時的那種穩重和霸氣，很是奇怪。

幾人還在詫異間，忽然一人大叫：「我的媽呀，那不是老鷹，是隻大蜻蜓！」

林小培覺得奇怪，順口就說：「你騙人！哪有這麼大的蜻蜓啊？」轉眼間，那東西飛到近前，落在一株灌木伸出的刺球上。

這回連姜虎也不由自主地側頭去看，可不是嗎？果真就是隻巨大的蜻蜓！只見這隻蜻蜓有著長長的尾巴，細脖上長著圓腦袋，腦袋上還有兩隻大複眼，活像飛行員戴的頭盔，腦袋靈活地左晃右晃，似乎也在注視著面前這幾個陌生的生物。

大家都看呆了，田尋也說：「真有這麼大的蜻蜓？」

話音剛落，只聽「刷」的一聲，一個巨大的肉紅舌頭從灌木中閃電伸出，瞬間就把那隻比老鷹還大的蜻蜓捲了進去，蜻蜓的四片透明翅膀還留在外面，又聽得灌木叢中嚓嚓幾聲輕響，翅膀也不見了。

眾人心中納悶，丘立三一個手下說：「那是什麼東西？」

丘立三槍口不動，嘴裡說：「德子，你過去看看！」

那叫德子的人應了聲，走到那片灌木叢低頭撥開長草，卻沒發現什麼。

丘立三問：「德子，怎麼回事？」

德子邊摸邊回頭道：「什麼也沒有啊！」剛說完，忽然覺得手上摸到個疙疙瘩瘩的東西，德子連忙回頭去看，看到一對血紅色的眼睛、長如鱷魚般的大嘴，嘴邊還流著腥臭的黏液。

他頓時嚇傻了，渾身發抖不敢動彈，怕驚動了怪物。這怪物似乎剛剛睡醒，翻開眼皮看了德子一眼，德子喘著粗氣，慢慢往後退。

光頭端著槍大聲說：「沒東西就回來，還愣著幹什麼？」德子剛要轉身，卻見這怪物忽地揚起腦袋張開大嘴。

德子大叫著轉身就跑，這怪物動作極快，猛地咬往德子的褲管。德子嚇得用力扯腿，嗤的一聲褲子被扯破，德子跌跌撞撞跑回來，大叫道：「有怪物，大家快跑啊！」

眾人還在納悶時，又聽刷刷連聲，從灌木叢中爬出一隻奇怪的生物。大夥一看，見這東西至少有三米多長，全身上下都是疙疙瘩瘩的硬甲，很像鱷魚皮，腦袋小而尖，兩隻眼珠鼓在外面倒像青蛙，大扁嘴裡還不時地往外吐著火紅色的舌頭，就跟蛇似的，四隻短粗的爪子，爪尖生著幾寸長的尖刺。後面還拖著個大長尾巴，在地上掃來掃去。

第二十二章　吃人的燈籠

這怪物見到眾人，神態變得極為興奮，加快速度朝這邊爬來。

林小培嚇得大叫起來，這回大夥也不對峙了，倒提著槍就跑，姜虎最怕這種怪物，「媽呀」一聲最先逃開。丘立三離那怪物最近，見怪物轉眼間就離自己不到十米，抬槍就射，子彈打在怪物身上「噗噗」作響，那怪物身體猛抖，揚頭張開血盆大口，也不繼續追趕。

眾人慌不擇路地跑出兩里多地，直跑進一片開闊的草地，回頭確定那怪物並沒有追過來，這才停下步伐。十二個人累得都栽倒在地，只有喘氣的份。剛才的這陣狂奔差點把心臟都給顛出來了，奧運會上的千米賽跑無非也就是這個速度。

林小培跑得差點昏過去，要不是田尋緊緊拽著她，恐怕早掉隊了。

這時，有人喘著氣道：「三……三哥，咱……咱們別跑了，就在這兒待……待著吧，我再也跑不動了！」

丘立三也累得半死，點點頭說不出話來，揚揚手示意大家原地休息。

過了老半天才緩過氣，光頭心有餘悸地說：「三哥，剛才那東西……是啥啊？」

丘立三說：「我不知道，看上去像蜥蜴，又像鱷魚。」

田尋說：「以前我聽人說在非洲有種叫科摩多龍的巨型蜥蜴，不知道是不是這傢伙！」

忽然林小培「哇」地大哭起來，說：「我想回家，快送我回家！」

田尋連忙安慰，丘立三和手下人都用疑惑的眼光看著林小培，心裡暗想，難道這小姑娘也身懷絕技，故意裝窩囊給我們看？

這時丘立三才開始注意到這塊地方，只見這片草地靜悄悄的，有很多奇形怪狀的樹和植物，田尋他們曾經從這裡走過，知道那漂亮的垂柳樹的樹枝會動，當時還不覺得有多可怕，可剛才被怪物追趕，現在心裡便留了心眼，所以他們五人都遠離這些奇怪的植物，靠著普通的大樹休息。

而丘立三他們七個人卻不知道，都圍著看那些植物。丘立三一個手下問他：「三哥，你看這些植物真怪，什麼形狀都有，我怎麼從來沒見過？」

丘立三看了看，說：「無非是一些大陸沒有的特殊植物，你他媽的真是少見多怪。對了，阿明、光頭，你們還有多少子彈？」

那叫阿明的說：「我昨晚上船之前帶了三個彈夾，現在還有兩個。」光頭也說有兩個。

第二十二章　吃人的燈籠

丘立三坐在一個「剝皮香蕉」葉子的旁邊，用手輕輕摸著那厚厚的大葉子，說：「這葉子生得也真怪，又厚又軟，活像塊純毛地毯，怎麼長的呢？」

另一人靠在垂柳樹身上坐著，說：「三哥，這林子裡也夠怪的，外面昆蟲滿天飛，這林子裡頭卻連一隻蚊子也沒有！」

姜虎說：「一定和這裡的植物有關。」

丘立三斜眼看著他，問：「有什麼關係？」

姜虎說：「我也說不好，只是感覺這些植物長得太古怪，都是前所未見，也許它們身上能散發什麼味道，起到了驅蟲的作用。」

丘立三點了點頭，說：「對了，你昨晚是怎麼混進運屍船裡的？」

姜虎嘿嘿笑著說：「跟你說實話也沒什麼，其實我也只是懷疑你可能會利用這運屍船逃走，於是就潛到船上看看，先躲在鐵皮櫃子裡，卻不想還真碰上你們。你們出艙到那接應你的船上時，我們就開走了船，卻迷了路，被送到這孤島上。你們為什麼也到了這裡？」

丘立三哼了一聲，道：「這還不他媽的都是你搞的鬼？你這傢伙開走了運屍船，我在後面追你的時候遇上大霧，結果迷失了方向，後來又遇上暴雨和狂風，結果就來到這裡。」

姜虎哦了聲，說：「我和你們差不多，也是遇上了颶風，不過我還遇到了更要命的東西。」

丘立三問：「什麼東西？」

姜虎說：「一個比鯨魚還大的海底怪物，有十多隻觸手，每隻伸長了都有三十多米，牠的嘴裡面有千顆牙齒，大嘴和籃球場差不多大。」

丘立三聽了說：「你騙我沒念過書是不是？哪有這樣的東西？」

旁邊幾個人聽了也都大笑起來，姜虎冷笑著說：「信不信由你們吧，反正那怪物也死了，死無對證。」

丘立三奇道：「怎麼死的？別說是你打死的。」

姜虎說：「被閃電擊死的。」

旁邊一人哈哈笑道：「你就吹牛吧，反正我們也沒看見！」

丘立三笑著說：「德子，你也別這麼說，世界之大無奇不有嘛！」剛說完，忽聽一人叫起來：「三哥，阿齊和大軍不見了！」

丘立三一驚，道：「什麼？」

連忙站起來說：「阿明，快清點人數！」

阿明數了數人頭，他們總共七個人，現在還剩五個，果然少了兩人。阿明雙手攏

第二十二章　吃人的燈籠

起喊了幾聲：「阿齊、大軍！你們去哪兒了？快回來！」

島上除了阿明的回聲，根本無人答應。

丘立三怒道：「他媽的快找！剛才他們在哪裡休息來著？誰看到了？」

阿明說：「我記得阿齊剛才似乎在那邊的大葉子中心躺著呢！」另有人說：「我好像看見大軍在那邊的大樹下躺著。」

光頭先跑到阿明所說的那裡，阿明驚道：「奇怪！剛才我明明看見這裡有一堆像地毯似的大厚葉子來著！現在怎麼變成一個大綠球了？」

丘立三道：「你是不是記錯地方了？再好好想想！」

阿明說：「沒錯，肯定是這裡！」

田尋和姜虎也跟了過來，田尋盯著這個大綠球看了半天，忽然他說：「打開這個綠球看看！」

丘立三掏出綁在小腿上的匕首，動手去割那個大綠球。

那綠球就是由厚如地毯的葉子包攏而成，他順著葉子的縫隙割動。在鋒利的刀割之下，葉子忽然陣陣顫抖，紛紛散開，裡面出現了一大團綠色的膿水包，赫然還可以看出人形來，葉子散開之後，這「綠人」跌倒在地，猛烈咳嗽，還不斷吐綠水。

一看此人，大家都叫了起來：「這是不阿齊嗎！」只是他身上都被裹滿了厚厚的綠色膿水，又黏又腥，沒有人敢過去扶他。

丘立三看了看周圍，見不遠處有個小水坑，裡面有些昨晚下雨時積的雨水，他叫光頭拖著阿齊去水坑裡洗洗。光頭一百個不願意，卻也不敢抗命，只得勉強伸出手拽著阿齊那滿是綠膿的胳膊，拖到水坑裡洗，洗了半天才把那些膿水洗淨。阿齊在大綠球裡被悶了半天，有點缺氧，站也站不住地直打晃，光頭在旁邊架著他才不致摔倒。

丘立三又叫大家分頭去找大軍。找了半天也沒有結果。忽然，姜虎看到有一棵「大燈籠」樹很是奇怪，於是盯著那樹看了半天，丘立三見他神色古怪，不禁問道：「怎麼了？」

姜虎說：「你看這株燈籠樹和其他的明顯不一樣！別的燈籠樹下垂的藤蔓不到一米，下面的燈籠離地至少也有兩米多的距離，而這個樹的藤蔓足有三米多長，燈籠也落到了地上，是不是……」

丘立三眉毛一揚：「你的意思是說……」扭頭問旁邊那人，「老伍，你剛才看見大軍就在這附近坐著嗎？」

老伍點點頭說：「就是在這區域，但我記不清是不是在這棵樹旁邊了。」

丘立三看著這個比水缸還大的綠燈籠，忽地掏出匕首，用力地割那吊著燈籠的藤蔓，藤蔓立時就被割破了，「哧哧」地往外直噴綠水，這藤蔓足有一個成年人大腿那麼粗，割起來很不容易，旁邊的阿明也操起匕首幫著割，終於藤蔓斷了，綠燈籠咕嚕嚕地滾到了一旁，幾片大葉子也無力地裂開了，活像個破燈籠。

眾人忙圍上去看，從破燈籠裡面流出來大量黃色的液體，同時一股刺鼻的氣味四散開來，嗆得人眼淚直流。

丘立三手捂鼻子罵道：「這是他媽的什麼東西？比硫酸還嗆人！」忽聽噗嘰一聲響，從黃水裡慢慢流出一個東西來，大家定睛一看，竟是個全身赤裸的人！這人不但沒穿衣服，而且身上的肌肉也有一些被黃水給腐蝕掉了，好幾處都露出了骨頭，看得大夥毛骨悚然，頭皮發麻。

那個叫德子的人發顫地說：「三……三哥，這不是大軍吧？我弟弟可是穿了衣服的！」

丘立三慢慢地說：「是大軍，他的衣服早被黃水給腐蝕了，人也死了。」

德子一聽，「噗通」跪倒在地，大哭道：「大軍，大軍你怎麼就這麼死了啊？讓我怎麼向死去的老媽交代呀……」原來他是大軍的親哥，眼下見到弟弟死得這麼慘，不免悲痛欲絕。

丘立三看了看大軍變形的屍體，背起槍說：「別哭了，你弟弟已經死了，哭也不能把他哭活，這地方有古怪，我們也別歇了，快起來收拾東西上路！」

德子跪在地上哭著說：「三哥，我和大軍跟著你是想發財的，可現在還沒發財，我弟弟就先死了⋯⋯」

丘立三不耐煩地罵道：「你他媽有完沒完？再哭我也把你扔到那黃水裡去！」說完自顧走了。德子慢慢爬起來，擦著眼淚一步三回頭地看著他弟弟那慘不忍睹的屍體，慢慢離開。

姜虎和田尋走回來，丁會他們問：「怎麼了？出了什麼事？」

田尋低聲說：「那像燈籠似的植物會吃人，剛才把丘立三一個叫大軍的手下給吃了。」

依凡和林小培心裡害怕，連忙離開背靠著的大樹。田尋說：「這大樹不會吃人，只有那些形狀奇怪的才會，只要我們不去碰它們就沒事。」

依凡說：「那⋯⋯那我們也離開這兒吧！」

丘立三說：「你們在這休息吧，我們可要繼續趕路了！」

丁會哪能讓他走掉，連忙站起來跟上。

丘立三說：「我說哥們，咱們就各奔前程不行嗎？」

丁會說：「你就別想美事了，我們有任務在身，必須得抓你回去！」

阿明哼了聲，說：「真是他媽的陰魂不散，老林頭給你多少錢？」

第二十二章　吃人的燈籠

林小培一聽就知道是在說他爹，立刻說：「你說誰是老林頭？小心我爹打斷你的腿！」

丘立三等人一聽，這小姑娘居然是林之揚的女兒？他哈哈大笑說：「小姑娘，原來妳就是林教授的千金啊，怪不得脾氣這麼暴，幸會啊幸會！」林小培把嘴一撇，理都沒理他。

那光頭四處搜索想找點吃的，正巧和丁會目光相碰，忽然兩人同時舉槍指著對方，大家本來都放鬆了警戒，現在又都馬上抬槍相向，氣氛頓時又緊張起來。田尋拿著姜虎那把M9手槍，現在也不由得舉起來指著光頭，因為他剛才打過林小培，所以對他比較討厭。

對峙了許久，依凡開口打破僵局：「大家先把槍放下，我覺得這島上不太安全，我看咱們還是先回到岸邊，找到我們的船再說，怎麼樣？」

丘立三也覺得有道理，於是說：「大夥一塊放下槍，誰也別耍花招。」眾人慢慢將槍收起。

田尋說：「依凡說得有道理，這島上不光有怪物，連植物都能吃人，我們還是先找點野果子充充飢，然後快到岸邊上船回大陸才是正理，要不然等著有船經過來救我們，恐怕我們鬍子都白了，你們說呢？」

阿明說：「這才像句人話。」

林小培又要罵他，被田尋拉住了。

丘立三說：「那就按你說的辦，我們走吧！我看那邊有片山谷，那裡應該會有野果。」

兩隊人馬各分左右，開始趕路。

丘立三邊走邊說：「大夥誰也不許碰這裡的任何東西，包括腳底下，除了草地之外，不管有什麼植物都他媽的給我繞著走！」阿明等人謹慎地跟在丘立三後頭，一行人草木皆兵，左顧右盼，生怕再碰到什麼東西。

阿齊剛從「香蕉皮」樹裡解脫出來，缺氧的勁還沒過去，於是便落在最後。他經過一棵垂柳樹時，許多藤蔓生得太低擋住了視線，阿齊順手去撥垂下來的藤蔓，誰想這藤蔓好像活了一樣，忽然緊緊纏住阿齊的胳膊，他嚇了一跳，「啊」的一聲想跳開，可旁邊的藤蔓都圍攏過來，而且越纏越緊，並且迅速往上提升，居然把阿齊高高吊起。

阿齊嚇得大聲喊叫：「三哥，三哥快救我！」

第二十二章　吃人的燈籠

丘立三回頭一看，大吃一驚，掏出匕首來想去割，可那藤蔓越升越高，轉眼間阿齊的雙腳已經離地兩米多高，光頭抬衝鋒槍瞄準那些條藤蔓掃射，噠噠噠噠！子彈將幾條藤蔓攔腰打斷，阿齊重重摔落地上，他翻身爬起，迅速扯掉胳膊上的藤蔓遠遠跑開。

眾人心驚肉跳地跑出這片草地，姜虎邊走跑、喘粗氣說：「能吃人的植物我以前聽說過只有在南美洲的原始森林裡才有，而且也大多只是傳聞，可沒想到在這南海孤島中能遇到！這一次可真是大開眼界啊，哈哈！」

丘立三盯著他說：「看來你心情不錯！我死了手下，你還挺高興！」

姜虎說：「我只是說說而已，你死的人我又不認識，我為什麼要高興？」

大軍的哥哥德子正在悲傷，聽了姜虎的話，氣得立時就要跟他拚命，被光頭和阿明拉開。

十幾分鐘後，大家走到了山谷腳下。這山谷不算太高，中間有道寬闊的山口，丁會說：「就從這裡進去吧。」

山谷裡到處生滿了苔蘚，又兼昨晚剛下過雨，十分濕滑難走。走了一段路，前面又有一道山梁，眾人包括依凡的身體素質都不錯，只有林小培體力不支，她爬了幾下，大叫道：「我不爬了！咱們能不能換個地方走呀？」

田尋拉著她說：「大小姐，現在沒有太近的路，妳就堅持一下吧。」

林小培還在吵鬧，丘立三心中煩悶，不由罵道：「不怕死的妳就滾回去，自己走！」

林小培立刻將火力轉到他身上，說：「你這個醜八怪、缺眉毛的禿老頭，砍頭沒砍掉腦袋的大笨蛋……」

大家都聽得傻了，因為丘立三略有些禿頂，而且脖子上有條疤痕，丘立三聽她罵得惡毒，氣得幾乎要抬槍打她，但對方又是個小姑娘，自己一個大老爺們，怎麼也不能去打小女孩，氣得他青筋暴跳，卻又無可奈何。

他的幾個手下都捂著嘴偷笑，丘立三罵道：「笑個屁？再笑我把你們踢下去！」

姜虎笑著說：「我說丘立三，你還是別惹咱們的林大小姐吧，她的脾氣可是天不怕、地不怕的。」

丘立三「哼」了聲不再理她，繼續爬山。

田尋和姜虎扶著林小培，大家費力地爬過幾道山梁，前面忽然開朗平坦，原來這裡是個小山坳，旁邊流水淙淙、野花叢叢，環境倒十分幽靜，只是蚊蟲太多，嗡嗡地飛個沒完。

光頭說：「三哥，這地方環境真他媽的不錯啊！」

第二十二章　吃人的燈籠

丘立三也說：「可不是嗎，真他媽想在這裡美美睡上一覺。」

光頭見旁邊有條小溪，連忙跑到小溪邊，捧起水就喝，邊喝邊說：「哎呀我的媽，渴死我了！三哥，這水可甜了，你們也來喝啊！」

眾人走了半天路，又渴又餓，雖然沒什麼吃的，但有水也行，這小溪清澈見底，竟是上好的甘泉，大家都喝了個飽，似乎也不那麼餓了。

林小培看著溪水，遲疑地說：「這水能喝嗎？我可從來沒喝過生水！」

旁邊的光頭挨過她一腳，現在還記恨在心，連忙譏笑道：「那妳平時都喝什麼水？」

林小培說：「我只喝依雲水。」

光頭一愣：「什麼雲？」

林小培說：「依雲！連依雲都不知道嗎？真笨！」

光頭氣得大叫：「我他媽哪知道什麼依雲？妳少跟老子擺臭架子！」

田尋怕她再惹出事，連忙過來打圓場，說：「小培喝吧，這小溪的水不比依雲礦泉差。」

林小培也渴得不行，也顧不上是否乾淨，用手捧著喝起來。

光頭禁不住問田尋：「什麼叫依雲？」

田尋邊喝水邊說：「依雲是法國的著名礦泉水，在世界上也數一數二，是純天然的優質礦泉水。」

光頭哦了一聲，說：「那一定也很貴吧？」

田尋說：「反正我是從來沒喝過，因為我喝不起。」

光頭點點頭，看著林小培的眼神也改變了些，心想：他媽的，這富家大小姐就是不一樣。

第二十三章　戴金冠的猴子

老伍說：「三哥，我們怎麼出這島啊？船都被海浪給打爛了。」

丘立三問丁會：「那運屍船還沒壞吧？」

丁會說：「船倒是沒壞，還在沙灘上停著，我們只要回到岸邊上了船，如果刮西風就能到越南，刮東風能到菲律賓，起南風就能直接到福建，那時候就好辦了。」

老伍說：「太好了，那我們還真得抓緊時間趕路！」剛說完，他看見河底的細沙中露出半截亮晶晶的東西，連忙說：「你們看，河底有東西！」

旁邊的阿明順手抄起，竟是個精美無比的手鐲。丘立三連忙奪過來仔細端詳，見這手鐲黃白鑲嵌，在水中沖刷得十分乾淨、晶光耀眼，顯然是件價值不菲的首飾。

田尋說：「是什麼，讓我看看？」

丘立三給他說：「這可是我們的，你得還給我！」

田尋笑了笑，仔細看看手鐲，說：「這不像是亞洲的首飾，倒有些中東的風格，通體是用白金做的，很是貴重。」

丘立三說：「你怎麼知道？」

姜虎說：「咱們田兄弟是位文物專家。」

田尋把手鐲還給丘立三。

依凡說：「這水裡怎麼會有這樣的首飾？」

丘立三說：「光頭、阿齊，你們去上游看看河裡還有什麼東西沒有！」

兩人應聲走了，這時老伍說：「那邊好像也有東西！」跑過去一看，原來是有塊岩石的稜角邊掛著一串珍珠項鍊。

他取回項鍊交給丘立三，丘立三說：「這可真是奇怪。」

這時光頭和阿齊也跑回來了，興奮地叫道：「三哥你看，這是什麼？」

大家仔細一瞧，只見他的光頭上居然頂著一只嵌滿鑽石的金冠！眾人都圍了上去，阿明一把將金冠搶下來戴在自己頭上，哈哈大笑。

光頭生氣地說：「快還給我，我還沒戴夠呢！」

丘立三走過來說：「別鬧了！光頭，你在哪兒找到的這金冠？」

光頭興奮勁還沒消：「就在山那邊，那有片小樹林，我發現有隻野猴子把這金冠戴腦袋上，就嚇跑猴子撿回來了！」

大家哈哈大笑，阿明說：「你他媽的搶猴子腦袋上的金冠戴自己頭上，那你不成野猴子了？」

第二十三章　戴金冠的猴子

田尋看著這金冠，說：「從樣式上看也不是中國的東西，倒像是東南亞國家的產物，應該是某個時代國王戴的王冠。」

阿明說：「這地方遠離大陸，荒無人煙，怎麼會有這些值錢的寶物？」

丘立三看著田尋：「你是專家，那你看看這金冠能值多少錢？」

田尋拿著金冠看了看，說：「我不是什麼專家，但光憑這金冠上的紅寶石和黃金，再加上做工和年代，我敢肯定少說也值幾百萬人民幣。」

丘立三等人一聽都傻了，阿明說：「三……三哥，這金冠比姓尤的給咱們的錢還多！」

光頭、阿齊、老伍和德子都歡呼雀躍，老伍激動地說：「太好了！三哥，那咱可發大財了！」

丘立三卻很冷靜：「先別高興，這兩樣東西肯定不是大風刮來的，我有種預感，這荒島上很可能還有更意外的東西。」

阿明說：「三哥，會不會還有珠寶啊？那可發橫財了！」

田尋說：「這附近應該還能有收穫！」

大家開始在附近搜索。先順著小溪朝右走，來到光頭找到野猴子的地方，忽然有人跑到溪邊，抓起一把東西大叫：「你們快看，河裡全是珍珠！」眾人跑過去一看，果見河底閃耀著各色光芒，很多珍珠串和金銀首飾，有的甚至順著水勢流淌。丘立三這些手下都是貪財的亡命之徒，現在看到有珠寶，都爭先恐後地跳進河裡去撈。

丘立三知道河裡忽然出現大量珠寶，其中必有原因，他大叫道：「都給我滾回來！」眾人不情願地抓著珠寶爬上岸。

丘立三說：「到上游看看！」

大家剛走了一小段路，依凡忽然指著前面說：「那邊好像有個山洞！」眾人走過去一看，果然在崖壁上有個兩米多高的山洞，洞口平坦，裡面黑乎乎的。

光頭在洞口邊向裡張望，說：「什麼也看不到，太黑了！」丘立三從旁邊折了根粗如兒臂的樹枝，在前端綁了些枯草，然後從彈夾裡退出一顆子彈，找了兩塊堅硬的小石頭，夾著子彈頭用力旋動擰下彈頭，再把裡面的火藥撒在枯草上，然後用姜虎的那把手槍貼著枯草開了槍，槍管噴出的火焰將枯草點燃，成了個簡易的火把。

丘立三十分貪財，否則也不會收錢去搶林教授家，他把火把遞給阿明，說：「你和老伍進去探探，有情況立刻回來報告！」

兩人接過火把走進洞去。

洞外幾人坐在地上歇著，光頭捶著腿說：「三哥，我這肚子都餓了，能找點吃的東西嗎？」

第二十三章　戴金冠的猴子

丘立三罵道：「就他媽的你知道餓？我還餓呢，吃什麼？你把大腿卸下來咱們烤了吃吧！」光頭挨了罵，再也不敢吱聲。

依凡笑嘻嘻地說：「丘先生，你總是罵你的手下兄弟，這習慣可不太好啊，人家嘴上不說，心裡頭可能都在罵你呢！」

丘立三立刻瞪著光頭，說：「你在心裡罵過我嗎？」

光頭知道丘立三說打就打，連忙擺手說：「三哥，你別聽這丫頭胡說，我哪敢罵你啊？」

丘立三說：「我是說在心裡偷偷地罵！」

光頭說：「沒有沒有，絕對沒有！」丘立三哼了聲，靠在樹上休息。

光頭心裡暗想：他媽的，不罵你才怪！

丁會知道依凡絕不是閒著沒話找話，而是在挑撥離間丘立三和他手下的關係，心裡暗想：她是報社的記者？可她的能力比記者要高得多。

依凡坐在田尋左側，林小培坐在右邊玩著地上的草。田尋伸手去捏依凡的手，依凡打了他一下，臉上卻帶著笑。

忽聽林小培說：「喂，妳幹嘛打他？」

田尋嚇了一跳，依凡笑著說：「他手上有個蚊子，我幫他拍死。」

林小培陰陽怪氣地說：「哼，別以為我沒看到，田尋你坐到我這邊來。」田尋怕她再起事，只好湊過去。

丘立三看著依凡從阿明手裡搶走的衝鋒槍，說：「小妹妹，可以把槍還給我們嗎？」

依凡拿起槍，說：「這槍又大又沉，我正不想要呢！」

丘立三心裡高興，卻見她把槍遞給丁會，拿過他的M9手槍說：「這手槍小巧，剛好我用！」

丘立三氣得半死，知道丁會不可能把槍還給他，也就不作聲了。

林小培對田尋說：「我餓了。」田尋現在就怕她開口說話，引起別人笑話，連忙低聲說：「我們都餓了，一會兒找找有什麼吃的沒有，放心，肯定餓不死妳。」

林小培握著他的手說：「我想回家，我想媽媽了。」

田尋說：「很快就回家了，妳媽媽肯定在家等著妳呢！」

林小培低聲說：「我媽媽早就死了。」

田尋頓時語塞，見林小培臉上掛著淚珠，不由得把她摟在懷裡。

依凡看著他倆，忽然覺得有點酸溜溜的，連忙把頭轉過去不看。

這時，從洞裡傳出叫聲，大家連忙站起，只見兩人慌慌張張地跑出來，說：

第二十三章　戴金冠的猴子

「蛇，全是蛇！」

丘立三問：「怎麼回事？」

老伍氣喘吁吁地說：「地上有很多散落的金銀珠寶，再往裡走，到處都是蛇，至少有幾百條！」

大家聽完都嚇得直吐舌頭，丘立三卻大笑起來，說：「弟兄們，我們要發大財了！」

眾人都納悶，阿明說：「三哥，蛇也能賣大錢嗎？」

丘立三打了他頭一下說：「你這個廢物，什麼都不懂！」他轉向田尋，「田兄弟，你見多識廣，應該明白我的意思吧？」

田尋知道他是想考自己，於是說：「蛇是最有靈性的動物，尤其喜歡在珠寶附近生活。在南美亞馬遜森林一帶，尋找寶石的人只要碰到體形大些的毒蛇就會留心，這些毒蛇喜歡在夜晚將寶石叼到光滑的石頭上，然後將身體盤成圓圈護住寶石讓月亮照射，要是有人接近，牠們會毫不猶豫地用毒牙攻擊來犯者。」

姜虎聽得入了迷，不禁問：「那尋寶的人該怎麼得到寶石呢？用槍打嗎？」

丘立三白了他一眼，說：「這種毒蛇不能用槍打，如果打死了，大批的蛇就會群起而攻之。尋寶人把一塊不透風的大黑布拋過去蓋在寶石上，毒蛇看不到寶石的光芒，就會以為寶石丟失了，慢慢也就爬開了，尋寶人則不費吹灰之力拿到寶石。」

大家聽完都嘖嘖稱奇，老伍說：「三哥，你是怎麼知道的？」

丘立三說：「我有個戰友退伍後去了巴西淘金，這都是他告訴我的，當年還勸我一起去，可我怕讓毒蛇咬死，沒敢去。」

田尋也說：「美國有位作家還專門到亞馬遜寫過一篇小說，名字就叫《蛇寶石》。」

阿齊膽小，他怯生生地說：「三哥，那這洞咱們還進嗎？」

丘立三罵道：「廢話，有財不取是他媽的白癡！現在你們每人做一支火把，快去！」他轉過頭對丁會說，「你們進不進去？咱們一起找到財寶然後平分！怎麼樣？」

丁會看了看姜虎，姜虎也有點動心了，但還拿不準主意。

丘立三說：「哥們，你抓到我能得多少賞錢，幾百萬？現在我手裡這頂金冠就值幾百萬，洞裡肯定還有更多的財寶，你們好好想想吧！」他轉過頭吩咐手下：「大家都去找一種金色的花，花瓣細長像鳳凰尾巴，葉子根部還有個紫紅色的大腫包，快找！」大家不知道他說的是什麼，都跟著四處去找。

姜虎小聲對丁會說：「咱們去嗎？」

第二十三章　戴金冠的猴子

丁會臉色猶豫，姜虎說：「咱們抓丘立三還不是為了錢？現在有更多的錢等著我們，那還抓他幹什麼？不是捨近求遠嗎，老丁，幹吧！」

丁會用力揪了一把地上的草，說：「那就聽你的，幹！」

兩人起身對田尋說：「田兄弟，我們改主意了，決定進洞去尋寶，你呢？」

林小培說：「尋什麼寶啊，有意思嗎？」

姜虎乾脆說：「我們不想再為你老爹抓賊了！」

這時，丘立三他們採了很多花回來，姜虎問：「這是什麼東西？」

丘立三說：「這叫鳳凰草，在廣西一帶也有，叫金花豹子或蛇滅門，蛇最怕這種花。怎麼，你們想好了？」

姜虎點點頭，說：「我們不想抓你了，有了財寶，還抓你幹什麼？你採這花怎麼用？」

丘立三說：「把花瓣摘下來，搓成泥塞到火把頂端，點燃的時候就能起到驅蛇的作用。」

依凡握緊手裡的槍，低聲對田尋說：「這兩個人如此貪財，你可不能跟他們去冒險！」

田尋說：「我當然不會去，咱們就在這待著，看他們能找到多少寶貝。」他自從湖州毗山回來之後，對財寶這東西看得很淡，尤其是和性命相比時。

丘立三他們弄好了火把，點燃之後各持一支，陸續進洞。阿明和光頭比較膽大，他倆各舉火把和丘立三走在最前，姜虎、丁會在中間，德子、老伍和阿齊三人斷後。

洞裡陰暗潮濕，一片漆黑，除了洞頂聚積的水滴下的聲音之外，就只有眾人手中火把燃燒的嗶剝聲。走了不長時間，就見地上四處散落著各種珠寶和首飾，還有金酒杯、金盤等典型的西方金屬飾物。

老伍提醒說：「三哥，再往前幾十米就有蛇了，小心點！」

丘立三點點頭，說：「大家別慌，如果看到有蛇，就把火把放低，蛇就會後退！」

光頭說：「三哥，真的假的？那些可都是毒蛇啊，能怕咱們嗎？」

丘立三說：「讓你幹你就幹，哪這麼多廢話！」

剛說完，就聽阿明叫道：「蛇，前面有蛇！」

丘立三說：「別怕，繼續朝前走，按我說的做！」

這時阿明已經來到一條蛇面前，只見這蛇渾身花紋斑斕，正在一只金酒杯的把柄上盤著，顯然是個劇毒的傢伙，見有人接近馬上揚起腦袋，口中蛇信吞吐不定、嘶嘶作響。

第二十三章　戴金冠的猴子

阿明壯著膽子將火把往前一送，說來也怪，那蛇好像被施了法似的，連忙離開金杯向後爬，阿明大喜，連忙朝前走，那蛇在地上遊走，左右亂撞，似乎極力想遠離眾人，這時阿明又看見附近出現了十幾條蛇，並伴隨著一股腥味。這些蛇還沒等阿明走近，都開始躁動不安，亂爬起來。

阿明大叫：「三哥，這些蛇都怕火把！」

丘立三說：「笨蛋，牠們不是怕火把，是怕點燃之後的鳳凰草汁！大家快上，把蛇朝洞裡趕！」

眾人都緊貼右側，邊朝裡走，邊把火把貼近地面，蛇越來越多，長的短的、花的黑的、粗的細的，但無論什麼蛇都老遠地躲著火把，爭先恐後地向洞底爬去。大家膽子大了，知道這些蛇懼怕火把，於是也加快了腳下的步伐。走著走著，腥味越來越濃，眾人都捂著鼻子，只用嘴呼吸，阿齊體質較弱，都差點要嘔吐。

這時前面出現一個開闊的洞穴，洞穴左側有個黑色的小山丘，還發出「噝噝」的聲音，阿明湊過去一照，嚇得大叫：「我的媽呀，全都是蛇！」大家共同將火把移過去一看，果然，這哪是什麼小山丘，全都是大批的毒蛇！這些蛇擠擠挨挨地堆得老高，還在奮力地向上爬，遠看就像是山丘一樣。

光頭和老伍看得有趣，說：「這些蛇還真他媽的怕這鳳凰草，我乾脆燒死你們算了！」說完又靠近蛇堆幾步，群蛇都蠕動起來，極力爬向洞角，似乎十分懼怕火把。

丘立三喝道：「回來，別把牠們逼急了，會噴毒液的！」

兩人聽了嚇得連忙回來。

再向前走，忽然金光耀眼，晃得大家睜不開眼睛。光頭走在最前面，他將火把舉過頭頂，只見有尊一米多高的金色雕像擺在眼前，他跑過去仔細一看，興奮地大叫：「純金的，是純金的！」

再向前走幾步，面前出現了一個金銀珠寶的世界。

＊眼前堆積如山的金銀珠寶，看得一夥人忘乎所以，極盡瘋癲。但是，在萬蛇盯梢的黑暗洞穴之中，如此巨大的財富真能一夕清空，全數搬走？後頭又有誰將犧牲？而一干人等還會碰上什麼樣可怕的變種生物？更多精采內容，敬請繼續閱讀《國家寶藏4》。

國家寶藏

參

國家寶藏 參 南海鬼谷

作　　者　濤陽唐伯虎

發 行 人　林敬彬
主　　編　楊安瑜
編　　輯　蔡穎如
校　　對　王淑如
內頁編排　帛格有限公司
封面設計　玉馬門創意設計

出　　版　大旗出版社　行政院新聞局北市業字第1688號
發　　行　大都會文化事業有限公司
110台北市信義區基隆路一段432號4樓之9
讀者服務專線：(02)27235216
讀者服務傳真：(02)27235220
電子郵件信箱：metro@ms21.hinet.net
網　　址：www.metrobook.com.tw

郵政劃撥　14050529 大都會文化事業有限公司
出版日期　2010年1月初版一刷
定　　價　199元
ISBN　978-957-8219-90-8
書　　號　Story-05

4F-9, Double Hero Bldg., 432, Keelung Rd., Sec. 1, Taipei 110, Taiwan
Tel:+886-2-2723-5216　Fax:+886-2-2723-5220
E-mail:metro@ms21.hinet.net
Web-site:www.metrobook.com.tw

大旗出版 BANNER PUBLISHING　大都會文化

國家圖書館出版品預行編目資料

國家寶藏3　南海鬼谷／濤陽唐伯虎著.
-- 初版. -- 臺北市：
大旗出版社：大都會文化發行, 2010. 01
冊；公分. --（Story ; 5）

ISBN 978-957-8219-90-8（第3冊：平裝）

857.7　98018079

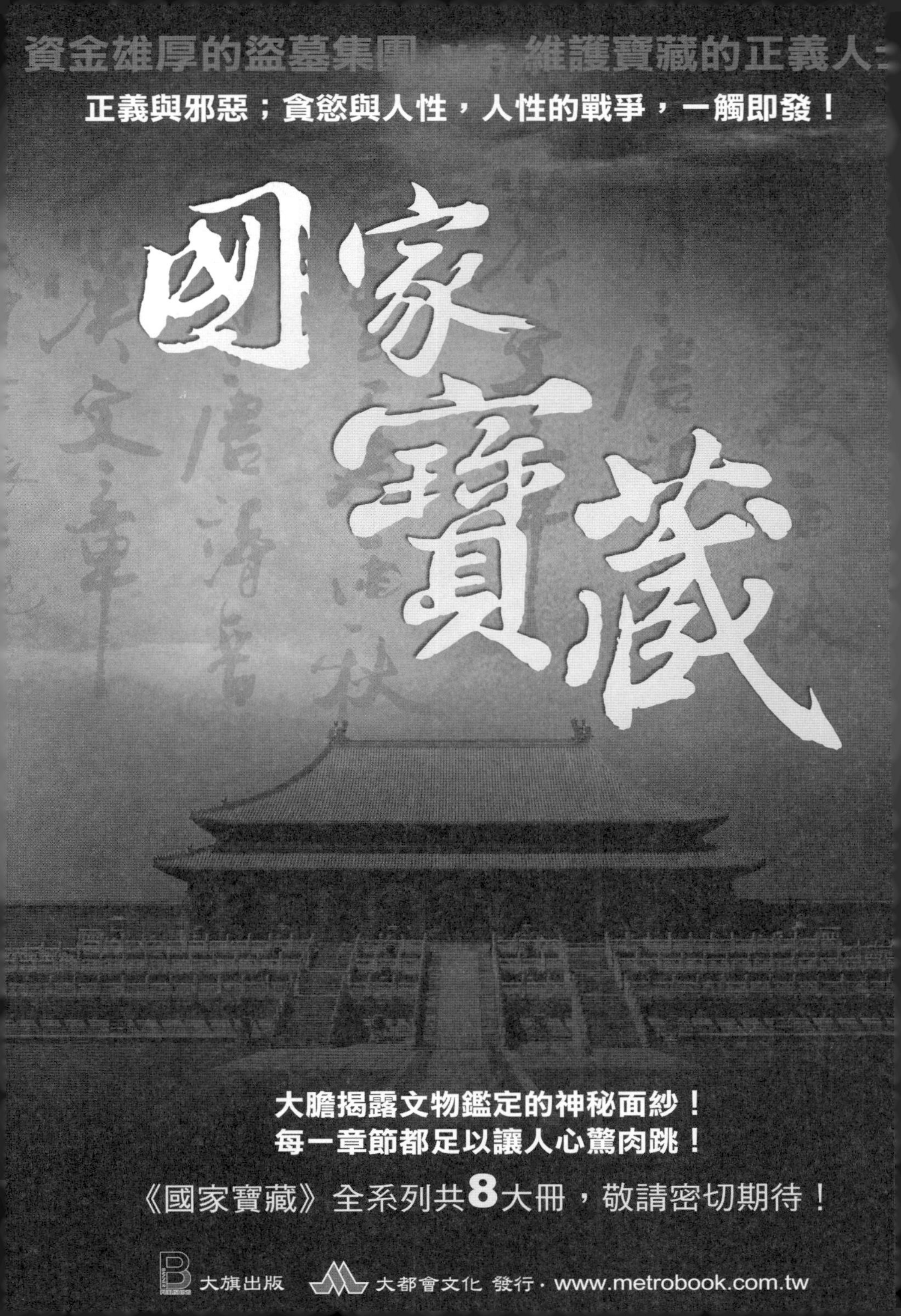
資金雄厚的盜墓集團
維護寶藏的正義人
正義與邪惡；貪慾與人性，人性的戰爭，一觸即發！
國家寶藏
大膽揭露文物鑑定的神秘面紗！
每一章節都足以讓人心驚肉跳！
《國家寶藏》全系列共8大冊，敬請密切期待！
大旗出版
大都會文化 發行 · www.metrobook.com.tw

資金雄厚的盜墓集團 v.s 維護寶藏的正義人士
正義與邪惡；貪慾與人性，人性的戰爭，一觸即發！
國家寶藏 貳
國家寶藏
天國謎墓
第一集持續熱銷中！
揭露文物鑑定的神秘面紗！
讓人心驚肉跳的緊張情節！
《國家寶藏》全系列共8大冊
第2集《天國謎墓II》隆重上市！
大旗出版
大都會文化 發行 · www.metrobook.com.tw

大都會文化　讀者服務卡

書名：國家寶藏 南海鬼谷

謝謝您選擇了這本書！期待您的支持與建議，讓我們能有更多聯繫與互動的機會。

A. 您在何時購得本書：______年______月______日

B. 您在何處購得本書：____________書店，位於____________(市、縣)

C. 您從哪裡得知本書的消息：

1.□書店　2.□報章雜誌　3.□電台活動　4.□網路資訊

5.□書籤宣傳品等　6.□親友介紹　7.□書評　8.□其他

D. 您購買本書的動機：（可複選）

1.□對主題或內容感興趣　2.□工作需要　3.□生活需要

4.□自我進修　5.□內容為流行熱門話題　6.□其他

E. 您最喜歡本書的：（可複選）

1.□內容題材　2.□字體大小　3.□翻譯文筆　4.□封面　5.□編排方式　6.□其他

F. 您認為本書的封面：1.□非常出色　2.□普通　3.□毫不起眼　4.□其他

G. 您認為本書的編排：1.□非常出色　2.□普通　3.□毫不起眼　4.□其他

H. 您通常以哪些方式購書：(可複選)

1.□逛書店　2.□書展　3.□劃撥郵購　4.□團體訂購　5.□網路購書　6.□其他

I. 您希望我們出版哪類書籍：（可複選）

1.□旅遊　2.□流行文化　3.□生活休閒　4.□美容保養　5.□散文小品

6.□科學新知　7.□藝術音樂　8.□致富理財　9.□工商企管　10.□科幻推理

11.□史哲類　12.□勵志傳記　13.□電影小說　14.□語言學習（_____語）

15.□幽默諧趣　16.□其他

J. 您對本書(系)的建議：

K. 您對本出版社的建議：

讀者小檔案

姓名：______________ 性別：□男　□女　生日：____年____月____日

年齡：□20歲以下 □21～30歲 □31～40歲 □41～50歲 □51歲以上

職業：1.□學生 2.□軍公教 3.□大眾傳播 4.□服務業 5.□金融業 6.□製造業

7.□資訊業 8.□自由業 9.□家管 10.□退休 11.□其他

學歷：□國小或以下 □國中 □高中／高職 □大學／大專 □研究所以上

通訊地址：________________________________

電話：（H）______________（O）______________ 傳真：______________

行動電話：______________ E-Mail：______________________

◎謝謝您購買本書，也歡迎您加入我們的會員，請上大都會文化網站 www.metrobook.com.tw 登錄您的資料。您將不定期收到最新圖書優惠資訊和電子報。

國家寶藏參 南海鬼谷

北區郵政管理局
登記證北台字第9125號
免貼郵票

大都會文化事業有限公司
讀者服務部 收
110台北市基隆路一段432號4樓之9

寄回這張服務卡〔免貼郵票〕
您可以：
◎不定期收到最新出版訊息
◎參加各項回饋優惠活動

大旗出版
BANNER PUBLISHING

大旗出版
BANNER PUBLISHING